夏からの長い旅

新装版

大沢在昌

目次

1　久邇子

芝を刈った。六月の終わりのむし暑い日だった。夏が好きではない。特に、太陽が照りつける暑さではなく、どんよりと曇った、夏の日が嫌いなのだ。

表に出る気もおこらず、家にいても何ひとつ身が入らない。本を読んでいると、活字の上を目がすべっていくのがわかる。内容はまったく入ってこない。

庭は、二十坪しかない小さなものだ。ツツジと、細い欅が、端の方に植わっている。あとはコウライシバで、それが野放図にのびていた。この季節が芝刈りにふさわしい時期なのかどうか、いったい年にどれほど手間をかけてやればよいのか、私は知らない。ただ、ひと月ほど前から、ベランダ側のコンクリートの敷石に、のびすぎた髪が襟足にかかるように、芝がかぶっているのに気づいていた。

小さな二階家の、一階の隅には道具部屋がある。亡くなった父親が、庭の手入れをする品を几帳面にしまいこんでいた。そこに、電動式のバリカンのような芝刈機があった。とても、たくましいのは、雑草だ。肥料もろくにやらないのに、芝はのびている。もっと、芝生をおしのけるように、クローバーが繁り、花を咲かせている。クローバーの花そのものは、小さいが形のととのった淡い色の花弁で、私は嫌いではない。それがほっそりとした首をのばし、つんつんと、緑の中に色を散らしている。

　晴れた日に芝を刈ると、その花も切りとってしまうことになる。曇った日は、不思議に花を見ない。

　活字にものめりこめず、届いたモックアップモデルを検討する気にもなれなかった。もう少し叩《たた》きあげておかなければ、今度の技術者会議で、シャッターブロックのエンジニア、田崎にねちねちとからまれることはわかっていた。田崎は、エンジニアの典型で、デザインの価値をほとんど認めていない。

　コンパクトタイプのプロ用カメラの開発にヤノ光学がふみきったとき、最後まで反対したのも、シャッターブロックのチーフエンジニア、田崎だった。プロフェッショナリズムと、コンパクトは、相容《あいい》れないというのが田崎の考えだった。ましてや、その企画をたてたのが、私であるとなれば尚更《なおさら》だ。彼にとって、工業デザイン《I・D》とは素顔美人に厚化粧を施すことで、ときには目や鼻までをも塗りつぶしかねない変質者がそのデザイナーである。

　ともあれ、曇った日は、クローバーが花を咲かせない。芝刈りにはぴったりの日というわけだ。

　道具部屋のコンセントに延長コードをさしこみ、星型の回転刃が先についた、大型懐中電灯に似た芝刈機を作動させた。片手で握りやすい形になってはいるのだが、結構重たく、二十分もつづけていると腕がくたびれてくる。

回転する刃は、ほとんど抵抗なく芝の先端を切りとばしていく。チェーンソウの子供といったところだ。唸《うな》り声までが似ている。

無作為に刈っていったのではきりがない。大雑把《おおざっぱ》に、庭を三等分し、左端のブロックから、刈っていくことにした。ひとつのブロックをていねいに仕上げると、三十分近くかかる。

中央のブロックの半ばまで進んだところで、薄陽《うすび》がさしてきた。Tシャツの背が、にじんだ汗ではりついている。握りのつけねについているスイッチで、刃の回転を止め、Tシャツを脱いだ。

小さな虻《あぶ》が、濡《ぬ》れた胸にとまり、Tシャツで拭《ぬぐ》った。庭の隅に、水撒《みずま》き用の水道がある。今は、ガレージまでのびるホースがついているが、全ブロックを刈り終えたら、それで水を浴びようと思った。

最後のブロックを半ばまで刈ったとき、屋内でインタフォンが鳴っていることに気づいた。芝刈機を止め、裸足《はだし》の裏を払って、中に入った。

インタフォンは、中央の仕事部屋、製図盤《ドラフター》の裏側の壁についている。

「はい」

「須田です」

久邇子《くにこ》だった。

「今日から先生が旅行に出かけたので、半どんになったんです。近くを通ったら、車があったから。迷惑でした？」

「いや、そんなことはない。鍵《かぎ》はかかっていないから、上がってくるといい」

「すいません」

一瞬迷い、庭に戻ってつづきを仕上げてしまうことにした。久邇子は一度、食事を作りに来てくれたことがある。二週間前、私がひどい風邪《かぜ》をひきこんだときだ。家の勝手は、もうわかっている。

脱いだTシャツも気になったが、そのままでいることにした。知りあってひと月、キスまではした。そろそろだな、と考えている。

詳しくは聞いていないが、二十《はたち》の頃に一度結婚していた筈《はず》だ。男の裸を見て、逃げ出すこともないだろう。

「あら」

振り返った。ベランダに立ち、少しだけ目を細めて、私を見ている。形のいい瓜実顔《うりざねがお》だ。最初に会ったとき、きれいな形をしていますね、といい、笑われた。

欠点といえば、額からは筋が通っている鼻が、先端のところでその鋭角的な線を失っていることとだ。

犬みたいな鼻でしょ、そういえば犬歯も発達しているのよ――八重歯《やえば》を見せた。口元に品がある。それも顔の形が良いせいだ。目は申し分ない。いつでも涼しそうで、わずかに冷たさを感じさせるが、鼻の愛敬《あいきょう》が救っているのだ。

薄いオレンジのブラウスに、白い麻のようなタイトスカートをはいている。背は高い。百六十三センチと聞いた。ヒールのあるパンプスをはくと、ほぼ私と並ぶ。

「どっちに驚いたんだい。この肉体美か、勤労精神か」

素早い微笑、と私は名づけている。口元にさっと浮かび、消える。嫌味《いやみ》がない。それをよぎらせて、久邇子は答えた。

「もちろん、あとの方。でも前者も、そんなに悪くないみたい」

「あとで、君のヘアデザインをこれでしてやる」

大袈裟《おおげさ》に芝刈機を振ってみせた。久邇子は首をすくめた。きれいな髪をしている。肩までの長さで、ほとんど直毛に近い。非常に近い未来、その髪に触れてみようと思っている。

「終わるまで待っていてもらえるかな」

「つづけて。手伝うことあります？」

私は下を向いたまま首を振った。はねとんだ緑の切れはしが、胸や腹に貼《は》りついた。濃い緑色は、曇った夏空と同じで、私の嫌いなものだ。見つめていると、気持が沈みこんでいく。耳が、そこに聞こえない音までもとらえてしまう。間のびした銃声。シャツに広がる血の染《し》みを、信じられぬように見つめた目、遠い夏だ。私は左手で胸をこすり、考えを押しやった。ここではないし、今でもない。

しゃがんだ姿勢から、膝《ひざ》をついた。体をのばして、芝刈りをつづける。

最後に、敷石の縁を刈っていった。直線にそっていくのは楽だし、気持がよかった。

ベランダには、布張りのロッキングチェアを置いてある。久邇子はそこにすわってい

た。脚を組んでいる。

一心不乱に刈っているふりをしながら、スカートからのびた脚を観察した。とても形がいい。特に細い足首と、光沢のあるストッキングに包まれたふくらはぎが美しい。

長時間、同じところだけを刈っていては怪しまれる。苦労して目を離すと、家の端の方へ進んだ。

「終わった」

スイッチを切り、腰をのばしていった。笑みを浮かべて、久邇子は私を見ている。

「御苦労様は？」

私は催促するようにいった。おかしそうに久邇子は首をふった。

「わたしの家ではないわ」

「そのうちになるかもしれない」

笑みを消した。私をにらんでいった。

「芝刈りをさせるため？」

「それも、ある」

Tシャツを拾い上げ、水道に歩み寄った。蛇口《じゃぐち》からホースを抜き、水を出した。錆《さ》び

を浮かべた水道管が、うつろな音をたてて震えた。Tシャツを洗い、絞ると、それで体をふいた。

「タオル、持ってきましょうか」

遠慮がちに訊《き》いた。

「いや、これでいい。洗濯物《せんたくもの》を増やすこともないさ」

「生活の知恵ね」

「長いんでね、ひとりが」

足の裏もふいた。久邇子がそれを見て、ベランダを降りた。男物の平たいサンダルをはき、もう一足を持って来てくれる。

また脚に見とれた。

「今何時だい」

「三時半。仕事ですか」

私は、脚から顔に目を移した。

「やめた。映画を見たくなった。それから晩飯を食って、一杯やることにする」

「全部ひとりで？」

「全部、君と一緒だ」

「いいのかしら？」

コードを巻きとっていくと、久邇子が訊《たず》ねた。

「お仕事の邪魔をしたようで」

「何が？」

「邪魔をいつも求めているんだ。才能のないことへの言い訳になる」

家の中に入った。仕事部屋では立ち止まらず、キッチンまで進んだ。古い、木のテーブルにかけた。板張りの床に、濡《ぬ》れた足跡がつく。

「何か飲むかい？」

「木島さんは？」

「ライトビール。こんなときに飲まなきゃ、飲む機会がない」

「じゃあ、私も」

背丈ほどある巨大な冷蔵庫の扉が、すべてビールで埋まっている。アルコール分の低いものから、日本酒なみのものまで常に五、六種類を揃《そろ》えているのだ。缶《かん》が好きだ。グラスに注《つ》いで飲むと、味が落ちるような気がする。

冷蔵庫からビールを出し、ひとつを彼女に与えた。プルトップを引き、喉《のど》に流しこむ。久邇子もためらわなかった。缶からじかに飲んでいる。

酒は強い。一度、私の車の運転を彼女が望み、送られたことがあるが、ビールとウィスキーを合わせて十数杯飲んでいた筈《はず》なのに、驚くほど正確だった。酔っても、顔に出ることは、ほとんどない。

「先生、どこへ行ったんだい」

「ハワイ。ゴルフですって」

久邇子は、品川の駅ビルに入っている眼科医に勤めている。受付と保険の計算、ときには、助手のような仕事もこなすらしい。住居は自由ヶ丘で、近くに住む両親が経営するアパートのひと部屋を使っている。

「長いの？」

「四泊六日」

「今週いっぱい休み？」

「そうです」

「うらやましいね」

「遊び好きの先生を捜したの」

すました顔でいった。三十三、今年、四になる。外見は、二十七、八だ。実際のその年の頃をどう過したか、ほとんど知らない。彼女もまた、私のその頃を知らない。

「板の間って好きだな」

久邇子がいった。

「古いんだ。ところどころ根太《ねだ》が腐ってる」

「でも直せば大丈夫でしょ」

建ってから三十年はたっている。その間に一度だけ改装した。六年前、父が死んだときだ。その年、私は設計競技《コンペティション》のグランプリを取った。机の上にも載る、コンパクトタイプのステレオのデザインだった。それから、企業との打ち合わせに、自分の意見をある程度通せるようになった。

三十二歳だった。三十八の今は、鼻息はあの頃ほど荒くない。だが、駆けひきに長《た》けてきている。良い仕事をこなせるのは、あと五、六年の間だろう。それを過ぎれば古くなる。

人間が古くなれば、センスも古くなる。

日本の工業デザイン界は、分業が進んだアメリカンスタイルである。頑固《がんこ》一徹に、本物同様のスケールモデルを作ってしまう職人芸を通すヨーロッパスタイルは、生き残れない仕組みなのだ。

「古いのは好きなくせに」

「やたら新しいものを作る仕事だからね。ひとつぐらい変わらないものをとっておかなければ。伝統を尊んでいるわけじゃない」

家は田園調布南にある。住所こそ豪華だが、「南」のとれた御本家とはちがい、およそ下町である。週に三日、ときには毎日、原宿《はらじゅく》にあるオフィスに通う。仕事の内容のうち、六割が考えることだ。それはどこにいてもできる。

あとの四割を、オフィスや、相手企業の会議室でこなす。

久邇子が小さなバッグを開いた。クールのスーパーライトを取り出し、ライターで火をつける。長い煙草《たばこ》が良く似合う女だ。

私は手をさし出した。少し驚いたように私を見た。

「メンソールは嫌いじゃなかったの」

「ときどき吸いたくなる」

ためらわず、火をつけた方の煙草をよこした。それを口に持っていった。フィルター
に口紅の色はなかったが、かすかに甘い味がした。

久邇子は新しい煙草をくわえた。

「スーパーステッション」

「なあに？」

「昔、スティービー・ワンダーが歌っていた」

『迷信』？」

「そう。メンソールを吸うと、男性機能が衰える」

眉《まゆ》を吊《つ》り上げた。

「スティービー・ワンダーが？」

「いや。『迷信』があった。そういう」

「自分を大事にしてきたわけね」

大事にしていなかったときがあった。それが終わったとき、そこから始まったものが、
私を大事にさせた。

「映画、何を見るの」

「アニメ」

「本気？」

「本気だ。三次元人間には飽きている」

空になった缶をテーブルに置き、立ち上がった。着換えてくる、そういって二階に昇った。

二階は、もともと二部屋であったのを、改装の際にひとつにまとめた。端に大きなベッドと、自分がデザインしたコンパクトコンポを置いた。中央には何もない。そこで寝そべったり、ときには運動する。一階の天井にあたる、その床が、私の腹筋《シットアップ》のたびにミシミシと不気味な唸《うな》りを上げる。

古い分、厚顔になった家をいじめている、そんな気分が嫌いではない。

クローゼットから、麻の入った軽いシャツを出した。汗はひいている。コットンパンツをはき、鏡をのぞいた。

白髪が少し増えたようだ。なぜかは知らないが、額の生えぎわから前髪に、刷毛《はけ》でひいたようなひと房がある。それが太くなった。

いずれ髪全体を侵食していくだろう。車のキイとマネークリップをつかみ上げ、降りていった。

「私の車で行こう」

駐車違反には比較的寛大な町だ。久邇子が頷《うなず》いた。玄関から自分のパンプスを取ってくる。

道具部屋が、ガレージに通じている。茶色のモカシンを素足にはき、ガレージに出た。

サーブ・ターボは不格好な形をしている。ある意味で、車が、エンジンに車輪をつけただけという本来の形から、空力抵抗を計算にとりいれた現在のスタイリングに進化していく過程において、とり残されているといっても良いだろう。しかし進化がすすんだ他の車のデザインが、一様に見分けがつかなくなるほど収束していったのに比べ、どこから見ても、それがサーブであることへのこだわりを持っている。

そしてエンジンもまた馬鹿にならない。ただ、それを示すには、私自身の力量と運勢の天秤《てんびん》に、結論を見出していない。従って、概《おおむ》ね、あきれられるほどの安全運転を、私は好む。

古めかしい半回転式の木製シャッターを私は押し上げた。金属製が立てる、あの音が嫌いだし、古いアメリカ映画の記憶からも離脱できずにいる。

助手席のロックを解いた。するり、といった感じで久邇子が乗りこんでくる。背に似合わない敏捷《びんしょう》な身のこなしをしている。それが見たくて、私の車で行こう、と申し入れたようなものだ。

車を出した。久邇子がシートに背を預け、ふっと息を吐く。ふたりで何かに向かいあっている、私が運転をしていると、そんな気持を味わえる。彼女がどう感じているかは知らない。

私はそれが好きだった。

京浜島のはずれに、羽田の離着陸を、目前といった印象で眺められる場所がある。どうということもない場所で、アベックや暴走族にもまだそれほどは知られていないようだ。

夜、気が向くと缶ビールをアイスボックスに詰め、そこへ出かける。フロントグラスに舞い降りてくるような巨大な鳥たちを見つめ、ビールを飲むのだ。飲酒運転ではない。ビールがなくなっても、煙草を吸い、カーステレオを聞いている。そのうちに尿意をもよおし、不道徳を重ねると、酔いは醒《さ》めてしまう。

一か月前の月曜、午後九時頃に私がそこへ行ったとき、愛好家仲間がいたことを知った。赤いファミリアが、いつも私がそうするように、ノーズを空港の方角に向けて駐《と》まっていた。

アベックかも知れない、と思い、気づかれぬようターンすることにした。かわりに、羽田にあるホテルのラウンジに出かけた。午前一時まで営業しており、十一時を過ぎると人は、ほとんどいない。

一時間ほど、ひとりでそこに居て、帰りの飲酒運転を確信したとき、女が入ってきた。待ち合わせではないし、また男漁《おとこあさ》りでもないことも、すぐにわかった。カウンターのバーテンダーとは馴染《なじ》みの様子だった。私と背中合わせの、滑走路に面したボックスにすわり、カンパリソーダをすすっている。

勘定書を手に私が立ち上がったとき、彼女が声をかけた。

「下のサーブは、あなたのお車でしょうか」

ぶつけられたかな、と一瞬思い、頷《うなず》いた。

「先ほどは失礼しました」

女が頭を下げた。

「………？」

「京浜島で」

「あのファミリアの？」

私の車に気づいていたのだ。

「どうやってあそこを見つけました？」

「ぐるぐる走り回っていて。わたししか知っている人間はいない、と思ってました」

「いつ頃です？」

「去年です」

「私は二年前だ。でも先住権は主張しません。飛行機がお好きなんですね」

彼女の顔に、ふっと翳《かげ》りを見た。

「ちょっとありまして」

「失礼しました」

余計なことをいった、と思った。踵《きびす》を返そうとすると、彼女がいった。

「何曜日にいらっしゃいます？　かちあわないようにしますから」

「決めてないのです。早い者勝ちということでどうでしょう」

「承知しました」

わずかだけためらい、私はいった。

「協定成立に一杯、いかがです」

素早い微笑がよぎった。

「一杯だけ、なら」

向かいに腰をおろし、とりとめのない会話を十分ほど交した。名前を訊《たず》ねることもしなかった。妙な警戒心を抱かせ、それを感じとるのが嫌《いや》だった。

潮どきを見て、立ち上がろうとすると、彼女が名乗った。

「須田久邇子と申します」

「木島です。須田さん——顔の形がきれいな人だと覚えておきます」

おかしそうに笑った。

「絵を描いてらっしゃるんですの？」

「人間以外の」

首を傾けた。

「I・D、インダストリアル・デザインです。カメラやオーディオ、ああいったものです」

「フリーで？」

「そうです」

驚いたようだ。

「車や飛行機のデザイナーは知っていました。カメラやステレオにもそういったお仕事の方がいらしたんですね」

「普通は、メーカーである企業の社員です。フリーは少ないのです」

「共通点があるかな、って思ったけど……」

わずかにためらい、訊《たず》ねてみた。

「あなたは？」

「眼科医に勤めてます。医者でも看護婦でもありませんけど。もし大事なお仕事の道具の、目を悪くされたときは、いつでもどうぞ」

品川の診療所の場所を私に教えた。

「そのうち行くでしょう」

「宣言ですか」

「目が良すぎるんです。今でも両眼、一・五あります。老眼になるのは時間の問題です」

「細かいお仕事をされている割には丈夫なんですね」

「体力で才能をカバーしますから」

「怒られるかしら。面白そうなお仕事、と申しあげたら」

「ときにはうんざりするほど、人と会い、議論します。それに、便秘で苦しむことも」

理解できぬようだった。アイデアの便秘だとつけ加えた。

「通ったときは快感ですがね」

微笑した。品がないたとえだと思ったが、アイデアの捻出《ねんしゅつ》はそっくり似ている。

「アイデアで苦しむと、あそこに？」

「世をはかなみにね」

「今夜もそうでしたの」

「そうです。あなたがはからずも人命救助をした」

「嬉《うれ》しいわ、そういわれると」

心を動かされる話し方だった。しかしいつまでも甘えているわけにはいかない。彼女は、自分があそこに通う理由については触れてこないのだ。

「それじゃ、これで」

ひきとめはしなかった。軽く頷《うなず》いただけだ。彼女の勘定書を取ると立ち上がった。

「それはでも――」

「またここでお会いしたときに、御馳走《ごちそう》になりますよ」

私は告げて、ラウンジを出て行った。

十日ほどして、私はその場所へ出かけた。

期待があったことは確かだ。ただ、ひとけのない場所である。いたとしても、なれなれしくすることはできないだろうと思っていた。

赤いファミリアはなかった。自分の失望に驚き、それでも一時間をそこで過した。

　数日後、契約のあるオーディオメーカーが主催する、コーラス・グループのコンサートチケットが送られてきた。いつもなら、アシスタントの堀井にやるのだが、今回は使うことにした。

　彼女から聞いた診療所の電話番号を調べ、事務所からかけてみた。

　彼女が電話を取った。名乗り、それでわからなければ車種を告げようと思っていた。

　木島です、というとすぐに反応が返ってきた。

「その節は御馳走様《ごちそうさま》でした。あれから行かれました？」

　リラックスした話し方に、意を強くした。

「一度。あなたは？」

「わたしも一度。きのうです」

「ところで、突然ですが、音楽はお好きですか」

「はい。種類によりますけど」

　コーラス・グループの名をいった。

「好きです。C・Dも持っていますし」

「コンサートのチケットがあるのです。よろしければ御一緒しませんか」

私は日付けを告げた。

「ありがとうございます。お邪魔じゃなければ——」

「決まった。迎えにうかがいます。都合のよい場所をおっしゃって下さい」

ためらわず、自由ケ丘の自宅を彼女は教えた。コンサートのある土曜日が休診日であることを知った。

「楽しみにしています」

いって、彼女は電話を切った。切れた受話器を戻したあとで、彼女があの場所へ行った〝きのう〟というのが、初めて会った日と同じ月曜日であったことに気づいた。私と再び出会う可能性を考えつつも、行ったのかもしれない。

そう思うとより気分が良くなった。堀井がレンダリングに向かう手を止めて、私を見つめていた。二十八歳、太った外見に似ず器用で、メカニックに強い。お洒落《しゃれ》を気どっていて、単車と服に給料の大半をつぎこんでいる。

目を丸くしていた。

「何を驚いている」

せいぜい渋い顔をしていった。

「木島さんがあんな声を出すの、初めて聞きましたよ」

「どんな声だって」

「いえ、ただちょっと驚いただけなんです。すいません」

慌てて目を戻した。

堀井は、ときどき起こす、私の癇癪《かんしゃく》を知っている。逆らおうとせず、ひたすら頭を低くしているようだ。場合によっては、私は癇癪の〝演技〟をすることもある。才能がある若者だが、そういった点での鞭《むち》も必要なのだ。

私のプライドのために、演技をすべきかどうかを考えた。だが、効果がないことはわかっていた。

かわりに、土曜日を楽しくすべく、仕事に専念した。

映画は三流で、食事は二流になり、六本木の酒場に着いたときは、雰囲気《ふんいき》だけは一流になっていた。

「だんだん気分が良くなる」

ネオンと酔っぱらい、そしてその製造者が見えるテラスに腰をおろして私はいった。

酒場は、私の行きつけで、ビルの七階にあり、凸形《とつがた》をしている。突き出た部分がベランダのように、ビルの外側に張り出しているのだ。電動式のルーフがあり、冬場と雨の日をのぞけば、さして多くもない星を数えることもできる。

内側に入ったフロアでは、スタンダードナンバーに独創性を持ちこまぬことで、客の信頼を得ているトリオが「素敵なあなた」を演奏していた。

アイリッシュウイスキーの水割りを手にして、久邇子がいった。

「お酒があるからでしょ」

「音楽もある」

「古いものが好きだから？」

「古すぎていないのがいいのさ。あまりに古いと、ふてぶてしさを感じる」

おかしそうに笑って私を見た。

「人間が一番よ」

「何が？」

「人間が最もそうなるわ。年をとるとふてぶてしくなる」

「君は、そうならずにすんだわけだ」

「どうかしら」

薄くなった私のグラスに、左手のトングでつまんだ氷を落とした。ゆっくりとした仕草だ。薬指に跡はもうない。

「結婚をしたことは、今はそうひどいまちがいではなかったと思っているの。なんていえばいいのかしら、一種の治療のようなものね。わたしは二十《はたち》で、短大を卒業したばかりだったけれど、したことによって、もっとひどい思いをせずにすんだわけだから」

「ひどい思い？」

「結婚をすることは、特にその頃のわたしにとっては、世界の中心が変わるほどの出来事だったわけ。なぜなら、それまでは自分ひとりの周りを世界が動いていたのに、突然、中心が二人に増えるんですもの。ひょっとしたら、夫が中心になって、私は回る側になったのかもしれないし」

「コペルニクス的転回だ」

「そう」

素早い微笑をうかべて髪をかきあげ、頰杖《ほおづえ》をついた。アップにしたところを見たい、と私は思った。

「人を好きになることに対しても、自分を常に中心に置いて思っていたんです。勝手に好きになり、失ったとき、勝手に悲しんだのだから。それから別の男性と結婚して、わたしはまったくちがうことを思い知らされる。もし失った人と結婚してもこうなったのかしら、と考えたら、そうね、恐怖はなかったにしても、近い驚きがあったわ。改めて、女を認識したとでもいうような」

「聞いていると、失恋の傷手《いたで》から立ち直るために、結婚したかのようだ」

「ある意味で」

私は彼女のグラスにウィスキーを注《つ》いだ。

「はっきりしておこう。今夜、運転をするのは私だ」

私のグラスには、たらすだけにした。

「結局、三年で別れることになったけれど、夫は、男性としては、かなりわたしの気持を理解してくれたみたい」

「何をしている人だった？」

「医者。眼科じゃなくて、内科だった。私より五歳上で、国家試験を受かってすぐ結婚を申しこまれたんです」

「学生時代からの知りあいだったわけだ」

「本当に、知りあいといった程度だけど」

私は頷《うなず》いた。

「医者の妻って、ひどく大変なの。彼は卒業した医大の内科に残ったのだけれど、定期的な当直の他にも、看《み》ている患者さんが悪くなれば重症当直があるし、ひどいときは、週のうち二日ぐらいしか、家に帰れないの。

疲れきっていると、そっとしておくことしかわたしには思いつかなくて。その頃のわたしの年では、いろいろと話しかけても、かえっていらだたせるようなことしかいえないし……」

クールに火をつけた。私は黙って一本抜いた。火をつけず、口にくわえた。

「そのうちに、わたしの方がおかしくなってきたのね。体が、変調をきたして、偏頭痛や、生理不順になったり。相手は医者だから、すぐに相談することもできたのだけれど、あなたがいったように、どこかやましさがあったのかもしれない。他の病院に行ったんです」

「精神的なものが原因だった？」

「その通り。慣れない主婦生活のせいだって考えたのだけれど、気持を楽に持とうとしても、そうはなれなくて。……やがて夫にもわかるでしょ」

「…………」

「ふたりでいろいろ話したの。すごくつらい作業だったわ。わたしの心を裏返して、欠陥を捜しているようで」

「今もそうなら、やめよう」

素早く私はいった。久邇子は首を振った。

「大丈夫。あなたさえ、嫌じゃなければ」

「興味深い話だ」

「よかった。よかったというのも変だけれど。それで詰まるところ、わたしは彼への愛情なしに、結婚生活をやっていこうとしているってことに気づいたの。彼だけではなく、わたし自身も。死んだ人のことが忘れきれてなかったのよ、まったく」

「君の恋人は亡くなったのか」

「そう。それも、死ぬところを見たわけではなかったから、信じきれていなかったのだと思うわ。でも、ひょっとしたら、あのとき頑張《がんば》って結婚生活をつづければ、うまくいったかもしれない。後悔はないけれど」

「少しも？」

「少しもないわ」

クールに火をつけた。その名の通りの味がした。

「それがわかってしまった以上、ただでさえ厳しい状態にある夫の生活に、これ以上の負担をかけるわけにはいかないって思ったの。

体にも心にも不安がある妻を、眠る間もないような医師が抱えていくってことはひどく大変でしょ」

「それについては論評の資格がない」

「気どったいい方。あのとき、一番恐《こわ》かったのは、夫に憎まれてしまうことだった。だから、そうなる前に、別れて下さいと頼んだの。とてもきれいごとに聞こえるのはわかるけれど」

「それについても、以下同文だ」

私をにらんだ。私は見つめ返した。真剣に怒っている様子はない。彼女が話してくれたことに対し、私は喜びを感じていた。ある意味で、それは信頼――私の彼女に対する気持への、彼女の信頼、を表わしている。

「別れて、やはり楽になったわ。そして、無理に信じようとすることなく、前の人のことも納得《なっとく》できたの。ああ、もう居ないのだなって。

初めは少し罪の意識があったけれど。夫を利用したような気がして」

私は首を振った。

「言葉は使わない。君の意見は否定するが」

「嫌な人ね。とても好きだけれど」

「前半は抜きで、以下同文だ」

言葉が途絶え、「ス・ワンダフル」が私たちの間を通過した。

「じゃあ話して」

「私を？」

「そう。結婚をなぜしなかったの」

「理由はないよ。相手と時間に恵まれなかった」

「そんなに忙しかったの」

「若いときは、自分のことをあまり考えていなかったように思う。それなりに夢とかは、あったけれどね。考え始めるようになると、仕事、もっと簡単にいってしまえば、食べることに懸命になった。やがて母親に先立たれていた父が倒れた。寝たきりで、ひどく治療費がかさむようになった。あの家を売ってしまいたくはなかったから、少し無理をして頑張った。今は、その勢いで走っていられる」

「若い頃からI・Dの仕事を？」

「いや。あれこれあって、始めたのは、八年ほど前からだ。初めからフリーであったわけではないけどね」

「その間、ずっと結婚したいと思うような人は現われなかった？」

「そのままつきあっていればしていただろうという人間はいた。だが私の方の決断を待っている余裕が相手にはなかったようだね」

「焦りはなかったのね」

「他のことに対する焦りなら、いくらでもあった。それが結婚の妨げになったかどうかといえば、少しはあったろうね」

「寂《さび》しさは？」

「若いときに無茶をしたせいか、あまり感じなかった」

「無茶って？」

「外国にいた」

「放浪？」

「似たようなものだよ」

彼女は頷《うなず》いた。アメリカやヨーロッパに居たと思ったのだろう。実際は、もっと近かった。そして状況は限りなく離れていた。日本に戻ってからは、自分自身を遠ざけることだけを考えた。

「今はどう？」

少しだけためらった。彼女が望んでいる言葉が、胸の裡《うち》に、確かにあった。

「居なくなると寂しい、と思う人間はいる」

「気取り屋なのね」

「そうではない。ただ、いつも自分にいいわけをする悪い癖がある。ストレートに、考えていることを口に出すのは苦手なんだ。ひねってしまう」

「…………」

「今現在、結婚を自分とまったく無縁と考えているかといえば、それはちがう。ただ常に相手の合意が必要となってくることだからね」

「ひとり暮らしの苦痛はないようね」

「ない。無器用な人間だから、決めてしまった手順を変えるには、むしろ勇気を必要とするんだ」

「そればかりは、相手から得られない？」

「もっと若ければ、得られたと錯覚できるのだが」

水割りを飲み干した。

「こんな話がある。ある女好きでどうしようもない男が、中年にさしかかり、さすがに弱気になってきた。女をベッドに誘い、断わられると、昔ならそれでも無言で意を遂げたのに、最近はそうもいかない。そこで、何かいい手はないかと考えた。

考えついたのは、ある言葉だった。それをいえば、女は同意してくれる。ところが、彼が友人に語ったところでは、『俺《おれ》はこの通り、内気な人間だから、なかなかスムーズにその言葉を女にいえない。だからこっそり、ひとりでいう練習を積んでいるんだ』

「なんていう言葉？　『愛してる』？」

私は首を振った。

「『やらしてくれなきゃ、殺すぞ』」

久邇子がふき出した。

「それ、本当の話？」

「実話だ。知りあいの、あるテレビディレクターだ」

「会ってみたいわ、その人に」

「救出が私の役目になる」

「期待できます？」

「充分」

大きな笑みを浮かべた。

「私も、それで充分」

駐車場から車を出し、六本木を離れた。

「次はどこへ行きたい」

「あなたに任せます」

「私はビールが飲みたい」

「今すぐ？」

時計を見た。十時四十分だった。二十分では、私の家に着かない。

「十一時十五分頃」

「ひとりで？」

「嫌だ」

予定よりも少しだけ遅れて、私の家に着いた。一階の、道具部屋とは反対の端にある応接間のソファに腰をおろした。私がすわったのは長椅子《ながいす》で、間にテーブルをはさみ、古い革のチェアが二脚あった。

久邇子が隣にすわった。

サンミゲルの缶を開けた。シャンデリアを消し、コーナーテーブルのスタンドを点《とも》した。庭が、闇《やみ》の中から浮かび上がった。窓を開けているので、虫の声が大きい。

久邇子が私の肩に頭をおいた。それを落とさぬよう、注意深く両脚をのばし、テーブルの上にのせた。

ビールをひと息で半分開けた。ゲップが出ぬうちに、素早く彼女の唇にキスをした。

「煙草、欲しい？　メンソール」

私はにやりと笑った。

「今はやめておく」

もう一度、キスをした。

「明日から君は休みだったね」

「芝刈り？」

「は、今日、終えてしまった。他の仕事ならある」

「内容を教えられないうちに答えておきます。オーケイ」

胸の形もとてもきれいだった。感想を、言葉ではなく、態度で示した。暖かな体だが、汗ばんではいない。触れている滑らかさが心地良い。

「ビールは？」

私の体の下で、久邇子が訊《たず》ねた。

「あとでいい。君は喉《のど》が渇かなかったか？」

私の肩を嚙《か》んだ。くぐもった声でいう。

「余は満腹じゃ」

髪に触れ、さらさらとしたシーツの上に広げた。眩《まぶ》しげに私を見上げた。目を閉じず、ゆっくりと唇を合わせた。充足していた。

「しまった。さっきの言葉を使うのを忘れた」

「この次、ね」

「あれは最初に使わなければ意味がない。女性は現実主義者だから」

気持良さそうに、久邇子がのびをした。優しい肩と胸が、私の体に触れた。彼女の顔に、目から順にキスをしていった。鼻に唇が触れたとき、彼女が呟《つぶや》いた。

「犬の鼻」

「…………」

「乾いてる？」

もう一度、唇で触れた。

「大丈夫のようだ」

微笑して、目を開き、私の首を抱き寄せた。

「お願いがあるんですが」

「何だい」

「そばにいて」

2 炎

目が覚めた。枕元《まくらもと》に置いた古い目覚まし時計を見た。蛍光《けいこう》塗料の針が三時二十分を指している。

妙に不快な気分だった。何かが眠りを妨げたのだ。隣にいる久邇子のせいでないことは確かだった。

耳をすませた。違和感の正体が知りたい。

荒い息吹きのような音が聞こえた。あるいは音ではなく気配なのかもしれない。

ベッドから身を起こした。階下から聞こえたようだ。

「どうしたの」

久邇子が目を瞠《みひら》いていた。

「何でもない。ビールを取ってくる」

告げて、ベッドを降りた。階段に向かおうとして、再び息吹きを聞いた。だがそれが人のものである筈《はず》がない。突風のような、不自然な風のようなものだ。

階段を降りる途中で、今度は臭《にお》いに気づいた。一気に階段を駆けおり、道具部屋に飛びこんだ。

一階には薄いもやのような煙がたちこめていた。パチパチという、爆《は》ぜる音も聞こえる。

壁ぎわに置いてあった消火器を摑《つか》むと叫んだ。安全弁を外し、握りのスイッチを入れた。考えている暇はない。

火は、中央の仕事部屋と道具部屋の、庭に面した部分から燃え上がっていた。不自然な形で横に広がり、壁から天井を焦がしている。ガソリンの臭《にお》いが鼻を突いた。

久邇子が私のバスローブを着て、走りおりてきた。息を呑《の》む。

「洋服を着るんだ、早く！」

噴出した消火剤が、火勢を一瞬、弱めた。

仕事部屋には、燃えやすい紙類が、束になっておかれている。火がその一部に燃え移っていた。炎が舞いあがった。

キッチンの電話を使い、久邇子が一一九番に通報している声が聞こえた。

仕事部屋は、四分の一が炎に包まれていた。製図盤《ドラフター》の上の設計図と、届いたばかりのモックアップモデルを、キッチンの方角へ投げ出し、消火器を炎に向けた。

向けた方角で弱まったかと思うと、反対側で強まる。鼬《いたち》ごっこのような作業がつづいた。家中が赤く染まっている。

目前で炎が巻き上がった。合成樹脂で作られた、古いモックアップモデルだった。その上に濡《ぬ》れた毛布がかぶせられた。久邇子だった。

「危ない、退《さが》ってるんだ」

「大丈夫、それよりあっちを！」

資料を積んだ本棚に、燃え広がろうとしていた。私は駆けより、消火剤をぶちまけた。

消火器の容量がどれだけ保つのかが不安だった。炎の根元を狙《ねら》って、消火剤を浴びせ、横に移動する。

燃え移りそうな、あらゆる可燃物を脚で蹴《け》り、摑《つか》み投げた。中には既に過熱しているものもあったが、痛みは感じなかった。

カーテンが生き物のようにのたうち炎でよじれている。上の方角に向けて、消火剤を吹きつけると、濡《ぬ》れた部分からプツリと切れて、黒焦げの床で燃えつづけた。久邇子が蒸気のあがっている毛布を投げつける。

やがて、火勢が、それとわかるほど弱まってきた。

恐怖感と熱の両方で、私は汗みどろになっていた。サイレンが近づき、やがて家の前で停止した。

「表をっ、もう鎮火したといってくれ」

私は久邇子に叫び、ときおりパッと炎を上げる燃え残りに、消火剤を浴びせた。

防火服を着た男たちが上がりこんできた。容赦なく、煙を上げている壁や床に、消火剤をぶちまける。発泡《はっぽう》性の液で塗り潰《つぶ》そうとでもしているかのようだった。

その間、彼らはひとことも口をきかず、素早い身のこなしで動いた。

完全に鎮火したときは、表が明るくなり始めていた。

私は疲れ果て、礼の言葉を告げるのも忘れて、キッチンの椅子《いす》にすわりこんだ。消火器は軽くなっていたが、手から離す気はおきない。

「あなたが世帯主ですか」

防火服のヘルメットと頭巾《ずきん》を脱いだ男が、私の前に立った。家の外で、野次馬を整理している声が聞こえた。

私は頷《うなず》いた。回転するランプが、窓を通して、壁を交互に赤く染めている。

「出火の原因についての――」

「放火です」

「確かですか」

「ガソリンの臭《にお》いがしました」

男がいったん、私の前を離れた。煙草が吸いたいと思ったが、喉《のど》は痛いし、今はライターの炎すら、見るのは嫌だった。

気づくと、最初の男の他に、もうひとり制服の警官が立っていた。警官が手帳を広げ、私に訊《たず》ねた。

「火事に気づかれたところから話していただけますか？」

ありのままを話した。話しているうちに、車がもう一台、家の前に停止し、何ごとかを話しあいながら男たちが降りてきた。

機捜の刑事だ、と警官が私に告げた。

現場検証を、彼らと鑑識の人間が始め、私と久邇子は、再び同じ話をくり返させられた。

帰ってきたときは、不審な人間も、車も見なかった。表の赤いファミリアは、彼女の所有物だ。一時頃から眠っていて、気配で目が覚めるまでは、何もわからなかった――

久邇子は、刑事たちの質問に、ためらったり、恥じることなく答えていた。

やがて検証に関《かか》わった刑事のひとりが戻ってきて、確かに放火である、と告げた。

「ガソリンと、簡単な時限装置ですな。マッチかロウソク、煙草の組み合わせかもしれない」

背はさほど高くないが、がっちりとした体つきをしたポロシャツ姿の刑事だった。

「このあたりは放火はなかったんだが。季節も今時分というのは珍しいし」

吐息を洩《も》らして、刑事は訊《たず》ねた。

「脅迫状か何か、来たことはありませんか、あるいは電話とか」

「ありません」

ごま塩の、短い毛をかきあげて、つづけた。

「お仕事は？」

説明した。彼らが納得するまで、ある程度、時間がかかった。

「企業秘密とか、どうです」

本当に重要なものは、家に持ち帰らない。メーカーの保管室に預けておくことが多い。

「申しわけありませんがね、何かなくなっているものはないか、調べていただけますか？」

「………？」

「盗みを働いた証拠を消すために放火をやる奴《やつ》がいるんですよ」

私は立ち上がり、道具部屋に入った。そこは、あらかたの品が燃えていた。かろうじて原型を保っているものも、焼け焦げで用をなさない。その中に、電動芝刈機も含まれていた。

激しい怒りが湧《わ》いた。いったい何のためにこのような真似《まね》をしなければならないのか。

仕事部屋はより悲惨な状態だった。半ばが燃え、半ばが消火剤に被《おお》われている。消火剤と燃え残りの放つ異臭がたちこめていた。

燃え残った書類、図面の類は、ずぶ濡《ぬ》れで最早、使いものにはならない。原型を崩し、色を変え、踏みつけにされたモックアップの数々が床に散乱していた。

何がなくなり、何が残ろうと大差のない状態だ。

私は手をつかねて、立ちすくんでいた。

背後で、刑事が携帯無線器を使った連絡を送っている。

「いかがですか」

連絡を終え、歩みよってきた刑事が訊《たず》ねた。私は首を振った。

「確かめようがない」

「貴重品は？」

「すべて二階です。ここにある品に価値を感じていたのは私ひとりです」

「設計図などはどうです？」

キッチンの床に、運び出され、横倒しになっている製図盤を、指した。

「進行中のものは、あれだけです。あとはすべて記録でしかない」

「失礼ですが、火災保険には入っていられましたか」

考えた。

「確か入っていたと思う。たいした金額ではないが」

「放火をした人物に心当たりは？」

「まったくない」

「今日の夕方でも、署の方にいらしていただけますか？　おちついてから一度ゆっくりお話を訊《き》きたいので」

私は頷《うなず》いた。刑事が電話番号を教え、古市と名乗った。

道具部屋の方角で、破裂する光が見え、身をこわばらせた。すぐにそれが、カメラのストロボだと気づいた。警官が写真を撮《と》っているのだ。

キッチンの椅子《いす》に再び腰をおろした。久邇子と目が合い、私はいった。

「すまなかった。よりによって……」

「あなたがあやまることではないわ」

頷いた。力づけるような微笑を浮かべている。刑事たちの目がなければ、その手に触れたかった。彼らに対しても苛立《いらだ》たしさを感じた。

「もしあとからでも気がついたことがあれば連絡をして下さい」

古市が別の刑事との、小声のやりとりを終え、近づいてきていった。

「わかりました」

「そちらの須田さんにも、のちほど署の方にいらしていただきます」

「彼女は関係ない」

古市は瞬きをして私を見つめた。気の毒がっているようにも、あきれかえっているようにも見えた。

「ただお話をうかがうだけです」

私は目を閉じ、頷《うなず》いた。

刑事たちは、それから一時間ばかりすると、ひきあげていった。私は彼らに、おざなりなねぎらいの言葉をかけ、玄関まで見送った。

どんよりと曇った天気の朝が明けている。

目と喉《のど》、そして頭にも痛みを感じた。額に手をやり、指先の軽い火傷《やけど》と、髪の先が焦げているのを知った。

家の周囲は、普段と変わらぬ静けさに包まれていた。それもあと数時間のことだ。すぐ近くに、登校の準備を整えた子供たちが集まる空き地がある。

キッチンに戻ると、久邇子の姿がなかった。道具部屋で物音がし、のぞいた。炭に変わってしまったがらくたを拾い集め、壁ぎわに積みあげようとしている。バスローブ姿のまま、しゃがみこみ、一心に手を動かしているのだ。いいようのない愛《いと》おしさを感じながらも強い口調でいった。

「何をしているんだ」

「ここ、少しでも片付けておこうと思って」

「いいんだ。怪我《けが》でもしたらどうする」

「何かしていないと不安なの」

歩みより、肩に手をかけて立ち上がらせた。腕に力がこもり抱きしめた。確かなぬくもりが伝わってきた。その上、小刻みに震えている。

「恐ろしい思いをさせた」

私の肩に回した腕に力がこもった。袖口《そでぐち》からのぞいた手首が汚れている。やがて体を離して彼女がいった。

「こわかったの、すごく」

私は微笑を浮かべてみせた。

「そうは見えなかった。終始、私より落ちついていた」

子供のように激しく首を振った。

「あなたばかり見てた。怪我をするのじゃないかって心配で」

「少し運が悪く、少し良かった」

私を見た。

「放火をする人間は、対象が誰であろうと構いはしない。その点で私は運が悪く、結果的には、家も失わず、怪我もせずにすんだ。これは運が良い。くやしいのは、君を巻きこんでしまったことだ」

もう一度、私を抱きしめた。

「疲れはてている筈《はず》だ。家に帰って休むといい。ここではとてもそんな気にはなれないだろう」

私の表情から何かを読みとろうとした。

「あなたは？」

「眠れるかどうかわからないが、少し休む。元気になると、ひどく腹がたちそうだが」

素早い微笑を浮かべた。

「早く元気になって」

私は頷《うなず》いた。

久邇子が階上にあがり、私は仕事部屋と道具部屋を見て回った。道具部屋は、床、壁、天井すべてを張りかえねば、使いものにならない。ある意味で、古いがらくたの整理がこれでつく。

苦々しい思いで、仕事部屋の中央に立った。この部屋は、調度よりも中味の損害の方が痛かった。使い慣れ、親しんできた道具や机、椅子《いす》、本、を失った。

火をつけた人間は、道具部屋の、わずかに開いた窓からガソリンを流しこんだのだ。大部分は、その床に染《し》み、残りが廊下を伝って仕事部屋に流れこんだ。どれほどガソリンを用意してきたかはわからないが、もう少し多ければ、あるいは、私が目覚めるのが遅ければ、少なくとも私は、家を失い、悪くすれば、私と、私が非常に大切に思う人間の命を、失うことになったろう。

万一、私ひとりが助かり、家と久邇子をなくすことになったらどうだっただろうか。考えてみるだけで、火をつけた人間をこの手で殺してやりたくなる。何の関係もない人間の財産と生命を危険におとしいれる、このような行為は絶対に許せない。

久邇子が衣服を着け、おりてきた。疲れきった顔に、薄く化粧を施している。

「気をつけて帰るんだ。居眠り運転で事故を起こさないように」

「そんな度胸はとてもないわ。それに、お化粧したから大丈夫。どんなに疲れたり、眠いときでも、化粧をすれば、気分がしゃっきりするの」

「女なんだな」

「そう」

「あとで電話をする。申しわけないが、警察につきあってくれ」

「はい」

頷《うなず》いて、私の頬《ほお》についた煤《すす》を拭《ぬぐ》った。指先についた汚れを示してみせる。

私は微笑して、その指を掌で包んだ。

彼女が乗ったファミリアが家の前の路地を出て行くのを、玄関から見送った。運転に危なげはない。

非常にしっかりとしている。一一九番への通報、消火への対処の仕方、刑事との応対、たとえ気力のみでそれらをこなしたとしても、立派なことだ。

彼女について今まで知らなかった面を、一晩で数多く知った。多すぎる程だ。

キッチンのテーブルにすわり、ようやく煙草に火をつけた。無残な仕事部屋を眺め、今すぐ、できるだけ整理しておくべきだろうかと迷った。

とてもそんな気分にはなれなかった。私の意識の中では、長い夜がつづいている。もともと夜更《よふ》かしの上に、朝寝には慣れてしまっている。

ただもう一度、家の周りを見ておかねば不安だった。洋服を着ると、表に出、庭とガレージの周囲を見回った。刑事たちと同様、放火をした犯人の手がかりになるものは見つからなかった。

両隣の家に、騒がせた詫《わ》びと、出火の原因を告げ、安心と不安を植えつけておいて寝室に戻った。

眠れるとは思わなかったが、衣服を脱ぎ、ベッドに横たわった。天井を見つめ、放火をしようなどと考えるのは、どんな人間なのだろうかと考えた。

怒りは鎮まっている。二階にいる限り、自分の生活に異変が起きたとは考えられないからだ。それに、ベッドにはまだ久邇子の残り香があった。

やがて、眠れないと思った自分がまちがっていたことを知った。


午後三時過ぎに目が覚め、冷蔵庫の材料で、ベーコンエッグとパンケーキを焼いた。異臭がキッチンにまで押し寄せていた。作った朝食を応接間に運び、ライトビールで流しこんだ。センターテーブルに、久邇子のおいていったクールの箱が残されていた。

食事を終えると、そこから一本抜いて火をつけた。ひどく体がだるく、表に出るのが億劫《おっくう》だった。本来なら、二人で摂《と》る筈《はず》だった朝食をひとりで食べたことも、気分に災いしていた。

私は自分の焼くパンケーキに秘《ひそ》かな自信を抱いている。それがまちがったものでないかどうか、試してみる機会を、放火犯人が奪った。

ビールの残りを庭に捨て、食器を抱えてキッチンに戻ると、コーヒーを淹《い》れた。フレンチロースト。濃すぎるし、苦すぎると思っている人間が多い。日に二杯ていどしか飲まない私には適している。

キッチンから久邇子に電話をかけた。彼女は起きていた。ほぼ、私と同じ時刻に目を覚ましていたようだ。車で迎えにいくと告げ、電話を切った。

曇ってはいるが、雨の降る気配はない。雨になると厄介《やっかい》だ。道具部屋の、庭に面した部分は、ほとんど焼けてしまっている。アルミサッシも含め、ベランダはひどい有様だった。

思いつき、二階に上がるとクローゼットの中に置いた、小さな金庫を開いた。たいした額面ではないが、預金通帳、株券、保険証書の類《たぐい》が入っている。

火災保険の証書を取り出した。放火と、それにともなう被害に、保険会社がどう対処するかはわからなかったが、連絡だけは入れておかなくてはならない。

保険会社に電話を入れ、担当者に事情を話した。相手は、取り調べた刑事の名と署名を聞き、近日中に調査員を派遣すると告げた。

受話器をおいた途端に、ベルが鳴った。

古市だった。名乗った上で、いつ頃、署に来られるかと訊《たず》ねた。

「今から行こうと思っていました」

「それは結構です。須田さんは？」

「連れて行きます」

「お手数をかけます。申しわけありませんが、別々に事情をうかがうことになると思います」

「どうぞ」

電話を切り、衣服を着換えた。白のポロシャツにネービーのスラックス、淡いグレイのブレザーを着た。品行方正の青年実業家を装った保険金詐欺師といったところだ。

庭とは反対の、通りに面した側の戸口の戸締まりだけはしっかりして車に乗りこんだ。

久邇子の住むアパートは、エレベーターのない四階建てで、各階に四部屋ずつ入っている。商売気のある不動産屋なら「美築、高級マンション、買物便利」とチラシに刷りこむところだ。久邇子の話では、住人の大半が学生だという。部屋の造りは皆同じで二DK、彼女は最上階に住んでいる。

どんな部屋であるか、あまり興味はない。二DKの間取りは、どう変えようと、限界がある。女性の住居に足を踏み入れるのは好きではないし、狼狽《ろうばい》といったものを感じるような気がする。住人のではなく、部屋そのものの狼狽である。

彼女の部屋から見える位置にサーブを止め、軽くクラクションを鳴らした。大通りから一本奥まった位置にあり、東急線の駅の方角に向けて、人々が歩いている。

自由ケ丘は、ここ数年のうちに大きく変貌《へんぼう》した町のひとつだ。以前は、駅の周辺と、交通の盛んな通りに限られていた飲食店が、裏の路地にまで軒を広げてきている。それにともない、他の町と区別する個性を失いつつあるようだ。十年もすれば、沿線最大の盛り場に成長するかもしれない。無論、そうなれば別の意味で、個性的な町になるわけだが。

久邇子が降りてきた。淡いグレイにストライプの入った、袖口《そでぐち》の広いワンピースを着け、濃紺のパンプスを履《は》いている。髪は左側を、額の横で留め、化粧が薄い。私は彼女のそのヘアスタイルが好きで、場ちがいの欲望を覚えた。

　スタートラインを越えたばかりの男が、警察署に向かう車中で、欲望をむきだすのは、結婚をも含め、長い交際を考えている女への愛情表現として妥当とは思えなかった。

「眠れた？」

　助手席にすべりこんできた久邇子が訊《たず》ねた。

「意外なほどね。君は？」

「少し。すぐに電話で起こされたから」

　私は頷《うなず》き、車を出した。

「考えたら腹が立ってきて」

　久邇子が前を向いたままいった。

「放火をした奴《やつ》に？」

「ええ。いったい何の権利があって、あなたや、あなたの持物を傷つけるのかしら」

　私は短く笑った。

「放火をするような人間の頭の中には、権利などという言葉はないだろう」

「どうしてそんなに落ちついていられるの」

「狂犬に咬《か》まれたようなものだ。考えて腹を立てるのも馬鹿らしい」

　首を振った。

「信じられないわ。死ぬかもしれなかったのに」

「死ななかった。それに今、一番大切なものもなくさずにすんだ」

久邇子の表情を盗み見ながらいった。変化はない。ただ彼女の左手がのびてきて、私の右の太腿《ふともも》に触れた。

死をより間近に感じたことがあった。それは十四年も前のことであり、しかも間近であることを、常に意識していたのだ。昨夜のように唐突とした形では出現しなかった。

死そのものが日常である状況の中で、麻痺《まひ》する部分と、絶対に慣れられない部分の両方に、私は悩まされたものだ。やがて〝運〟という言葉で、自分を納得させるようになった。

それでも、あるひとつの死を目撃したとき、それがそこで生まれた何万という死と変わらぬものであることを意識の上では知っていたにもかかわらず、激しい衝撃を受けた。だが、衝撃を受けつつも、私がとった行動は、半ば本能的ともいえるほど、それまでくり返してきた行為と変わらぬものだった。

そして、その行為が、実は大きな問題を生むことであろうと知りつつ、否定や後悔の気持は起きなかった。

それ以来、自分の中で多くの部分が固まりすぎてしまったと感じている。いい方を換えれば、早く年をとってしまったのだ。

二十分足らずで警察に到着した。車を駐《と》め、受付の警官に姓名と来意を告げた。

若い警官は頷《うなず》いて、横にある階段を示した。階上で、古市が待っているようだ。

古市は、小さなついたてで仕切られた机の前へ、私を誘った。昨夜と同じいでたちで、ずっと眠らなかったかもしれないが、疲れている様子はなかった。応対は丁寧で、こちらを不快にさせる要素はない。もうひとりの別の刑事が、久邇子を、大きな部屋の反対側にあるついたての向こうへ連れていった。

「どうも御足労をかけまして」

学生が使うノートのような手帳を広げて、古市はいった。刑事たちが皆、そういった手帳を使うのか、彼だけの習性なのか、私にはわからなかった。

「何かわかりましたか」

私は訊《たず》ねた。

「あのあと、色々と聞きこんで回ったんですがね。車の音を聞いた、というていどですな。それについてはいかがです」

「何時頃のことでしょうか」

「それも含めて、考えてみて下さい」

「聞こえたような気もしますが、気にとめていなかった。あの道は袋小路ではないので、通りぬける車も、ないわけではないのです」

「家の前で駐《と》まり、エンジンをかけ放しにしていた車は？」

「それはなかった。たとえ二階にいてもよく聞こえる筈《はず》だし、そうであれば覚えています。

「車で移動する放火常習犯というのは多くないのです。たいていは、徒歩やせいぜい自転車で行ける距離のところしか狙《ねら》わない。

転車で行ける距離のところしか狙《ねら》わない。放火が、だいたい同一地域内で連続するのは、そのせいもあります。今回の場合、木島さんのお宅の他に、周辺で不審火は出ていない。

これが連続するものの、第一弾なのかどうかは様子を見てみなければわからないわけです。

す」

といって、お隣の家が焼けおちるのを、待っているわけにはいきませんから。ただ、

気になる点があるとすれば――」

古市は手帳のページをくった。私の家の周辺を描いた地図があらわれた。下手な絵ではない。それぞれの家の敷地、所在、が比率よく、写しこまれている。

「木島さんのお宅は、玄関のある方が、比較的広い通りに面していらっしゃる。ここは、ガレージの扉《とびら》もあるわけです。他の三方は全部ブロックべいで囲われているわけですが、両隣の家に面した側は、へいとへいが隣接し、人が通るすき間はありません。玄関の反対側、つまり庭に面した方ですが、そのへいの向こうは、玄関側に比べると、かなりせまい通りです。車の通行は、玄関側とちがい、ほとんどない、といっていいわけです」

私は頷《うなず》いた。久邇子がファミリアを駐《と》めていたのも、玄関に面した方の通りだ。

「ところが、放火犯は、お宅の玄関側ではなく、庭に面した方のテラスからガソリンを注《つ》ぎこみ、火をつけています。時限装置のようなものを使ったのも、その場で火をつけ

て、燃え上がり、気づかれては、との用心からだと思います。なぜなら、庭をよこぎらない限り、お宅の敷地の外には出られませんからね」

「その通りです。玄関側から、家の中を通らずには、庭には出られない」

「妙ないい方ですが、放火犯は普通、そこまで面倒な手間はかけません。連中はたいてい、燃えやすそうなもの、たとえば古新聞やダンボールなどを見つけてきて軒先に積み上げ、ライターやマッチで火をつけます。ガソリンをかけたり、時限装置を使ったり、などという手間はかけないのです」

「………」

「あきらかに、一般の放火犯とは状況がちがうといってよいでしょう。お宅に火をつけた人物は、お宅を燃やすことが目的だった。ただ火事を起こすのが楽しくて面白いといった手合いとはちがうのです」

「誰がそんなことを考えるのだろう」

古市は微笑した。鼻のわきに大きなホクロがある。それは、彼の人相をやわらげる効果をあげているようだ。

「それをうかがいたい、とこちらも思っているのです」

マイルドセブンを抜いて火をつけると、古市は灰皿を私の前に押しやった。

「御職業についてはだいたい今朝ほどうかがいましたが、いつ頃からこのお仕事を始められました？」

「八年前です」

「それまでは何を？」

「いろいろとやっていました」

「いろいろ？　会社にいたことは？」

「あります。事務所のようなものだが」

古市が興味を示した。

「具体的にいえば、I・Dの仕事は、八年以上前からやっていたことになる。三年ほど、I・Dの事務所に勤めていたからです」

「やめられた？」

「なくなったのです。所長をやっていたデザイナーが飛行機事故で死に、たちいかなくなった」

「それを機会に独立したわけですな」

「それもあります。前々から独立しようという意志もあった。その意志がなければ、ひとりでやっていくことはできないから」

古市が所長の名を訊《たず》ねた。

「松山。松山武士といった。大学で私の先輩だった人です」

「どちらです」

卒業した美大の名を告げた。

「独立されたのが三十のときですな。すると二十七から、その松山さんの下で働かれていた。二十七までは？」

「卒業してからずっと外国にいました」

「二十七まで？」

「いや。二十五のときに日本には戻っていました。二年ほど、何もしていなかった。家にいて、ぶらぶらしていた時期がありました」

「外国はどちらです？」

「東南アジア」

私のいい方が気を惹《ひ》いたのか、古市は顔を上げた。

「主にどこですか」

「通信社でアルバイトをしていました。タイやベトナム、そういったあたりです」

「アルバイト、というと」

「写真を撮っていました」

「なぜ、やめたんです」

「色々あるが、一番には、命が惜しくなったからです」

「戦争ですか」

「そう」

頷《うなず》いた。死を作り出すための日々があり、その中の、たったひとつの死が、引き金になった。それはいわなかった。

古市はあっさりと質問の矛先《ほこさき》を転じた。

「今現在、なさっているお仕事ですが、機密とか、そういったものの扱いについては、どうされています？」

「本当に重要なものは少ない。私が手がけているのは、主にカメラとオーディオですが、詳細なデザイン図面・設計図は、事務所に保管してあるか、私の頭の中です。そして、それらが秘密になるのは、ある部分、技術的な面での改良が限界に来ているから、デザインに依存される要素が高まるからです」

理解できないようだった。

「たとえばここに、画期的な発明があるとします。今までの何分の一というスケールで、同じだけの機能を持つ、ステレオやカメラです。そのハードの部分は、無論、重要機密になるし、設計図がメーカーの外に持ち出されることはまずありません。デザインにおいて、最も大切なことは、メーカーの製品に表わされる個性です。これを我々は〝テイスト〟と呼びます。デザイナーは、それぞれ独自のテイストを持っていなければならない。そのテイストに魅力を感じるからこそ、メーカーはデザイナーを選びます。また、だからといってあまりに奇抜なデザインを作り出すことは許されません。消費者は、極端に変わったデザインを選択するには、あまりにも臆病《おくびょう》なのです。だから、現在では、どこの競合メーカーが、どういった製品を開発中なのかは、あらかたわかっています。

そこで重要になるのは、商品化するまでのスピードであって、デザインの斬新《ざんしん》さではありません。そのデザインが秀《すぐ》れたものであれば、半年と待たぬうちに、よく似た形の物が競合メーカーから出てきます。皆、同じラインの上で、一歩でも早くゴールに近づこうとしていることを知っているのです。しかも、カメラやオーディオの技術についていえば、日本は世界でも最先端を走っています。どのメーカーも、ライバル企業の新製品のデザインを盗むのにかける手間があれば、より早い製品の開発にそれを向けるでしょう。今は企業イメージを大切にする時代です。産業スパイの汚名で、それを落としたくないにちがいない」

「なるほど。それで現在やっていらっしゃる仕事の内容は？」

「コンパクトサイズのカメラのデザインです。といって、画期的なものではありません。サイズを縮めるために、幾つかの機能を排しただけで、他のメーカーでもそれぐらいのことはわかっているでしょう」

「設計図の類《たぐい》は？」

「事務所に置いてあります」

「事務所へは行かれましたか」

「明日、行くことになっています」

古市は頷《うなず》いて、次の煙草に火をつけた。

「須田さんですが、今までにも、木島さんのお宅に？」

「泊まったのは初めてです」

「長く交際されているのですか」

「ひと月になります」

「比較的最近ですね。それまでに交際されていた女性はいらっしゃいますか」

「まったくいなかったわけではありません。酒を飲んだり、ときには映画や芝居に一緒に行くこともありました。しかし、彼女ほど親しい関係になったのは、そう、ここ三年いません」

「三年前の女性は？」

「結婚しています。今は、という意味だが。連絡はまったくありません」

「昨夜、須田さんの様子に、何か変わった点は見られませんでしたか。脅《おび》えている、とか落ちつかない、といったような」

「彼女が自ら、私の家にガソリンを撒《ま》き、火をつけたと考えているのなら、まちがっています。普段と比べ、ちがっていなかったか、といわれるなら、彼女はおおいに違っていました。

だからこそ、彼女は私の家に泊まりました。私がそれを望み、彼女も受け入れたからです」

私は古市の顔を見つめながらいった。

「失礼しました」

「つけ加えるなら、彼女が現在、男性関係において複雑な立場にある、ということも私は聞いていません。昨夜、早い時間に、私たちは互いについて話しました。そのとき、彼女が意図的に隠したのでない限り、彼女に、他の男の家に火を放つほど熱烈な支持者がいるという印象は受けませんでした」

「木島さんは、昨夜の事件と須田さんはまったく関係ない、といわれるのですな」

私は頷《うなず》いた。

「その通りです」

「すると、放火犯は、あなた個人の財産か生命を狙《ねら》ったということになる。お話をうかがっていると、木島さんのお仕事で、人に恨みを受けることは少ないようですが、たとえば、意見の衝突や対立がまったくないわけではないと思います。それについては？」

「それはあります。エンジニアたちの一部は、デザイナーをまったく信用していない。理由は、私たちがメカニズムに弱いという点です。彼らは、私たちが何かとんでもない要求を出して、彼らの手塩にかけたメカを滅茶苦茶にしてしまうのではないかと恐れています。そのせいで、人間によっては、私の意見を全然聞こうともせず、否定にかかろうとする者もいます。しかしそれと放火は、まったく別です」

「変わり者、といった感じを受けます。我々には」

「あなたは、犯罪に対したとき、自分の捜査方針と、相手の考え方が合わないからといって、同僚の刑事の家に火をつけますか？」

古市は苦笑して首を振った。

「私の知る限り、私と同じようなインダストリアル・デザイナーで、私に仕事を奪われ恨んでいる、という人間もいません」

「心あたりはまったくない？」

「人ちがいか、誰の家でもよくて火をつけたか、のどちらかだと思います」

「ひとり暮らしですな」

「六年前に父が亡くなって以来ひとりです。兄弟はいません」

「おとうさまは何を？」

私はにやりと笑ってみせた。

「あなたと同じだった。警察官です」

話を終えて、ついたてを出ると、久邇子が壁ぎわにすえられた長椅子《ながいす》で待っていた。私より早く解放されたようだ。当然のことだ。

燃えたのは、私の家であって、彼女の家ではない。

部屋の中には、人間が増えていた。それぞれ、机の前にすわり、書き物をしたり、電話をかけている。それでも、そのうちの何人かの男たちは、久邇子を意識していた。あからさまでないにしろ、ときおり彼女の顔を見やっている様子だ。あうしろめたい幸福感を味わいながら、彼女を促して部屋を出た。

　階下まで送ってきた古市がいった。

「何かわかったらお知らせします。あるいは、またお話をうかがいに行くかもしれません。そのときは、どうかよろしく」

　私は頷《うなず》いて、警察署の玄関をくぐった。

「疲れたでしょう」

　サーブに乗りこむと、私が口を開くより早く、久邇子がいった。

「私も今、同じことをいおうと思っていた。喉《のど》が渇いたな」

「同感。ビールにする？」

「少し車を走らせて、いい喫茶店を見つけようと思う」

「わかったわ」

　しばらく車を走らせ、私がいった。

「すまなかった」

「どうして？　あなたのせいではないのに」

「だが私の家だ。刑事は、私が誰かに恨まれていないか、ひどく知りたがった」

「私の場合もそう。特に、きのうが、私が初めてあなたのところに泊まった夜だと聞いたら、すごく熱心になるの」

「不快な思いをした？」

「どうかしら。自分のことを、初めて会ったような人にあれこれ話すのは得意じゃないから。そのていど」

微笑した。

「何かおかしいかい？」

「別れた夫のことをとても知りたがったわ。彼が火をつけたのじゃないかと考えたのかしら」

「その人に迷惑がかからなければいいが」

「そうね。多分、大丈夫だと思う」

駐車場を備えた、白い木造の建物を見つけた。若者が好みそうな造りだが、駐車場は空いていた。

彼女を見やると、素早く頷《うなず》いた。

「いいわ」

サーブをすべりこませ、降りたった。店の中は冷房がきいていて、過しやすかった。のんびりとしたレゲエのリズムが流れている。

窓ぎわのテーブルに腰をおろし、アロハを着た若者が水を持ってくるのを待って、アイスコーヒーを注文した。

「あなたの女性関係についてはどうだったの？」

運ばれてきたグラスにストローを差して、久邇子が訊《たず》ねた。

「訊問《じんもん》がつづいているようだな。心あたりはまったくない、と答えておいたよ。事実その通りだし」

「他には」

「経済状態についてもあったな。保険金がどうしても必要か、とか」

「…………」

「失ったものは、金で買えない多くのものだった。自分の証明のような。家自体は古びていたわけだから、建て直す、良い機会かもしれない」

「強いのね」

「君には負ける」

微笑して首を振った。

「いいところを見せたかったの。何もしないで悲鳴ばかり上げているのが可愛《かわい》いのは、二十代のうちよ」

「オバンの意地か」

「ひどいいい方」

さして怒った様子もなかった。メンソールに火をつけて、久邇子は窓の外を見た。わずかだが雲が切れ、赤く染まった青空がのぞいていた。

「明日は天気よ」

「助かる。雨もりがしそうだから」

「現実的な人ね」

「そう思うかい、本当に」

「思わないけど」

「けど？」

素早い微笑を見せた。

「焦らないの。あなたがよく見えるまで」

「パンケーキの味も知らないし」

「なあに？」

話した。

テーブルの上から右手をのばして、私の肘《ひじ》に触れた。

「今度。約束」

「いつにする」

「いつでもいい」

私は腰を浮かせて見せた。

「今すぐ行こう」

ハアハア息を吐いていった。

「何てひとなの」

久邇子は笑い出した。

「海にでも行きたくなったな」

私がいった。

「スポーツはしないの？」

「学生時代は少しやった。あまり太らない体質のようだ。今はときどき泳ぎにいくぐらいだ。屋内プールに出かけるんだ。君は？」

「テニスのインストラクターをやっていたわ」

「そいつはすごい」

「本当はとても楽なの。初心者を教えるだけだから」

「たまには試合もするのだろ」

「たまにね。去年いっぱいで辞《や》めたの。今の仕事と時間が合わなくなって」

「他には？」

「スキーは、学生時代、クラブにいたわ。ずっとやっていない。きっと今やったら骨折ね。頭の中では、若いときの動きを覚えていても、体がついてこないもの」

「そんなことはない。君の体は若い。私が保証する」

「嫌《いや》ね」

顔を赤くしてうつむいた。失敗した。結婚を経験したからといって、情緒を粗末にしてきた女性ではないのだ。一般的なレベルからいっても、遊ばない日々を送ってきたにちがいない。私は思った。

「でも海はいいわね」

「行かないか」

「いつ?」

「いつでもいい。千葉に、借りられる友人の別荘がある。テニスコートとゴルフ場も近くにあって、海水浴場までは歩いていける」

「何のエサ?」

「何のエサでもない。ただこんなことがあっても、私を見る目を変えてもらいたくないだけだ」

「より好きになったわ」

不意をつかれたような気分になった。それが顔に表われたのだろう。おかしそうに久邇子はいった。

「まるで初めて女性にもてたような顔をしてるわ」

「初めてではないが、ほぼそれに近い。自分がもてたいと思った女性には」

私の肘《ひじ》をつかんだ手に力がこもった。しばらくふたりとも無言でいた。言葉がなくとも、離れている、という気がしなかった。

やがて彼女がいった。

「ねえ、現実的なことをいっていいかしら」

「誰だって、いつかは夢からさめるものだ。何だい?」

「おなかが空《す》いてきたわ」

私はそれほどでもなかった。

「何が食べた……？」

……いの。パン類がいいわ。サンドイッチとか……」

……ガーかサンドイッチを買って、あそこへ行こう」

……れで通じた。

「素敵。でも、家や仕事は平気なの」

「朝まであそこにいるわけではないし、明日には事務所に出かける」

頷《うなず》いて、久邇子がいった。

「じゃあ少しだけ、私が運転するわ。おいしい店を知っているのだけれど、口では場所を説明しにくいの」

「女性は皆、道の説明がへたなものさ」

私は立ち上がっていった。久邇子がにらんだ。

「食べたくないのならいいのよ」

「許してくれ。何でもする。ここのコーヒー代だって出す」

笑った。

風向きのせいなのだろう。日によって、離陸する飛行機の機首の向きがちがう。薄暮から、闇《やみ》に至るまでの光景は、最も非現実的で美しい眺めだ。

赤と濃い青の空に、点滅するランプが美しい。

久遯子は、はしゃぐことはしない。シートを下げ、背を倒し、見つめている。ときおり、私がその横顔に目を向けると、素早く気づき、微笑を浮かべて振り向く。

「振り向いてはいけない。君は飛行機を見ているんだ」

私が命令する。

「どうして？」

「私は、君の横顔を見たい」

サーブの運転席に私がいる限り、私の好きな左の横顔を見ることができる。

「穴があくわ」

「穴埋めを、私がデザインしよう。男に見られると、自動的に反応して点滅するライトを埋めこむ」

「ひどいわ。街を歩けなくなる」

「それも悪くない」

私悪ね」

「昼間な
つの人たを捉《とら》えて、久遯子はいった。爆音を轟《とどろ》かせて、ジェットが舞い上がった。

ムたちが見えるかしら」

「何が行ってい
えるだろう 無論、車内で何が行われているかはわからないだろうが」

るの？」

私の手をつかんだ彼女の左手を持ち上げ、甲に唇を当てた。久邇子は素早い微笑を浮かべ、握る力を強くした。

しばらくすると、久邇子が溜息《ためいき》を洩《も》らした。

「どうした？」

「何もいいたくない。いいたくないくらい——」

「それで良い。こちらはそうなってもらいたいし、もっともっと」

「もっともっと何？」

「いいから前を見ていたまえ」

唇を尖《とが》らせて、私に横顔を向けた。今この瞬間の自分の気持を口に出せば、ひどく情熱的で理性を欠いた表現になってしまうような気がした。

どこかで、それを良くないことだと思う気持がある。なぜなのかは、わかっていた。自分を責めたことはない。しかし、忘れたこともない。ただそのままを受け入れようとした。自分がしたことなのだ。

私の指がシャッターを押し、私の目があの死をとらえた。写真には、私の名が冠せられた。今とはちがう、ペンネームのような名だ。

夏木修《なつきおさむ》。今は誰も覚えてはいないだろう。

覚えている人間がいるとしたら、その人間は、私に対し、どんな気持を抱いているだろうか。

それを考えた。答えは出ない。出るわけはないのだ。

私はその名も、カメラも捨て、それについて語ることもやめた。誰かが私に対し、そのことを話す機会もなかった。作らないようにしてきたからだ。

自分をさらけ出すのを恐れる気持は誰にでもある。また、自分を好んでいてくれる人間なら、わかってくれる。あるいはわかったふりをしてくれる筈《はず》だ、とも思った。

しかし長い間、それをできずにいた。ひょっとしたら、理解されるのを拒む気持があったのかもしれない。

私のとった行動は、あのとき、あの立場にいた、私のような人間でなければ理解できない筈なのだ。

ずっとそう思い、東京に戻ってきてからも、自分と、周囲を区別してきた。女性に対し、芯から打ちとけたこともなかったような気がする。なぜだかは知らないが、話さなくてはならないことのように思っていたからだ。

自分が相手に心を許せば許すほど、話さなくてはならない、隠しているべきことではない――そんな思いが強まるのだ。

そして話すことは苦痛だった。だから無意識にさけた。すべてをさらけ出さねばならなくなるほど、女性と親しくなることをさけたのだ。

「何を考えているの」

久邇子が訊《たず》ねた。

「君のことだ」

「面倒な女をかかえこんだと？」

私は苦笑した。ある意味で彼女の指摘は当たっている。

「あるいは。私にとって」

「素敵。うんと面倒がらせるよう、努力するわ」

彼女の腕を握った。ひきよせ、唇を合わせた。唇が離れると、彼女が私の目をのぞきこみ、胸に頭をのせた。

爆音が響いていたが、静かで平和だった。

何も語ることなく、こうしていたいと思った。彼女の髪に触れ、良い香りをかいだ。指をとり、そっと頰《ほお》に当てた。微笑《ほほえ》みを感じ、ずっと見つめた。ときは、あまりにも急ぎ足で過ぎ、私を充《み》たしつづけた。

3　関根

堀井が驚いた。

「本当に？　どうして、誰が？」

私はうんざりしていった。

「最初はイエスで、あとは答えようがない。普通は、人の家のへいを越え、庭を横切り、窓からガソリンをたらし、火をつけるには、それだけの理由がある。だが、私には思いあたらない。この数年、怒鳴りつけて、怒らすような真似《まね》をしたのは、君だけだ」

「冗談じゃないですよ。俺《おれ》は——」

息を詰まらせた。

「君がやったといっているのではない。いくら君でも、そこまで私を憎んでいる筈《はず》はない。そうなる前に、とっくにここをやめているだろうからな」

首を振って、堀井は方眼紙に戻った。カメラの設計図面は、通常、実寸の五倍で描かれる。それでもトレーシングフィルムに向かって、鉛筆を走らせるときは、ズレのないように、細心の注意を必要とする。

堀井にやらせているのは、もうひとつ進行中のハンディカメラのデザインだ。ラフスケッチが上がった段階で、メーカーの全体会議にかける。既にアウトラインも決まり、この後、どう叩《たた》いても大きな変化がでないことはわかっていたが、堀井には、まだ何枚ものデザインが必要であるかのように思わせていた。

手と頭のどちらかは、常に動かしていなければならないことを、覚えさせるためだ。

私のオフィスは、二四六号線から一本それた、原宿に近いビルの一室にある。二十畳ほどのワンルームで、入ってすぐL字型に折れ、中央に応接セットを置き、その左右に、二台の製図盤《ドラフター》、正面が私の専用デスク、奥が図面ケースや書棚といった具合だ。入口の右側が小さなキッチン、左側がユニットタイプのバスルームである。そこでシャワーを浴びることはあっても、この部屋で眠ることはない。

午後三時には、ヤノ光学のデザイン担当チーフ、篝《かがり》が訪れることになっている。篝と私は、かなり親しい。おそらく技術セクションのエンジニアと渡りあうことで、共通の頭痛の種を抱えているせいだろう。

通常、ひとつの新製品が、メーカーの手によって販売されるようになるには、大雑把《おおざっぱ》に分けて十の段階がある。基本方針の決定から始まり、生産、販売に行きつくこの行程の中で、私は第三から八までの段階にタッチする。

無論、私自身が新製品の企画、開発段階から関《かか》わっている場合は、話が別だ。

そうでない限り、メーカーは、市場の可能性、開発領域の確認、日程、予算、といった大まかな目安をつけた上で、私にデザインの発注をしてくる。そういったアウトラインが決まっていないと、私自身も、どこまで関わってよいか、判断に苦しむことになるからだ。

そうして、頭の中で、じょじょに構想を固めていく一方、私自身も、うんざりするほどのミーティングに出席し、可能性を追求することになる。

ときには無知を装い、技術陣が目をむくような要求をしてみることもある。あるいは、それによって彼らが、試みもしなかった可能性につきあたる場合もあるからだ。

これらの会議では、私以外のすべての人間が、メーカーに所属していることになる。販売、技術、生産、デザイン、それぞれのセクションから人が来て、ひとつの製品について検討することになる。言葉にこだわったいい方をすれば、製品が商品に変貌《へんぼう》する段階で、最も必要となるのが、こういったデザインの存在だろう。

ラフスケッチからスタートしたデザインを、レンダリングや概略デザイン図を通してディテールを決定し、モックアップモデルにまで推し進め、やがて試作《プロトタイプ》にまでこぎつけることになる。その間、さまざまな意見がとびかい、干渉し、される。ただ図面を描いているだけではフリーのI・Dはやっていくことができない。

必要ならば味方を作り、敵を討つときもある。ただし、どの場合も、敵、味方とも同一の企業に属している。人間関係を、芯から苦手とする性格の者には向いていない。

篝が約束の時間に現われると、私は彼を誘って一階にある喫茶室に降りた。

篝は、私と同じ美大の四年後輩にあたる。従って学内で会ったことはない。小柄だが、均整のとれた肉体を持ち、およそ精密機械のデザイナーには見えない。私の周囲には、篝や堀井を含め、そういうタイプの人間が多いようだ。

喫茶店や酒場で、I・Dに関する打ち合わせが行われることはまずない。市場に出るまで、製品の機密を守るのはこの世界の常識である。

「暑くなりましたね」

コードレーンのサマージャケットを脱いで腰をおろした篝はいった。

梅雨の切れまなのだろう、空気が乾燥し、強い直射日光が照りつけていた。喫茶室のブルーのブラインドの向こうで、舗道に光が乱反射している。

ワイシャツのボタンを外し、袖口《そでぐち》をまくりあげた篝は、おしぼりで前腕をぬぐった。よく日に焼けている。ゴルフが好きで、毎週一度はラウンドしているようだ。

面長《おもなが》で端整な顔立ちをしているが、最近、額の生え際が後退してきた。大変にそれを気にし、一度、私の事務所のメジャーを使って、額の幅を計っているのを見たことがある。

「進んでますか」

具体的な名称は口にせず、篝はいった。喉《のど》をうるおした後で、事務所に帰り、もう一度細かい打ち合わせをすることになる。それはわかっているのだが、とりあえず訊《き》かずにいられないのだ。妙にせっかちなところがある。

「ほぼね。ただ色々あってね」

「仕事の方ですか」

小さなグラスに注《つ》がれた水を一息で飲み干し、篝はいった。

「いや。家のことだ。誰かに放火されたんだよ」

えっという声をたてて、篝は腰を浮かせた。

「で、被害は？　焼けてしまったんですか」

「いや、ボヤで済んだ。悪質な放火の手口でね。ガソリンを撒《ま》いて火をつけたんだ」

「…………」

驚いたようだった。目を瞠《みは》って、私を見つめた。ようやくいった。

「怪我《けが》は？」

私は首を振った。

「幸いにない。本当に重要なものは何も被害には遭《あ》わなかった。ただ一応、用心してモックアップや何かは、今日こちらに移しておいた」

「犯人はつかまったのですか」

「いや、きのうの早朝のことだし、手がかりがあまりないらしい」

アイスティのストローを唇から離して、篝は首を振った。

「それじゃあ、仕事の方は――」

「心配しなくていい、日程の方に影響が出ることはないよ」

「しかし……。お宅は確か田園調布でしたよね」

「田園調布といってもも南だ。いってみれば下町のようなところさ。色んな人間が住んでいる」

「気をつけて下さいよ。木島さんに何かあったら泣く人間がおおぜい出ます」

「喜ぶ人間はどうだい？」

「さあ。喜ぶようなのは、いないと思いますがね」

眉《まゆ》をひそめて私を見た。

「探りを入れてるんですか」

「まさか」

私は笑った。

「うちの社には、変なのはいませんよ。それはまあ、中にはメカ狂いもいますが、デザイナーの家に火をつけようなんて考えるほどのは」

少し気分を害したようだ。

「どうだい、お宅の女子社員で、秘《ひそ》かに私に熱を上げているような人がいるってのは」

「そんな色気のある子はいませんよ。木島さんだって知ってるでしょう」

「色気があるのは、とっくに釣り上げちゃったもんな」

私は笑いながらいった。篝の妻は、彼より十以上若く、社内恋愛の末、結ばれている。

「これだ」

篝は苦笑した。その話はそこで区切りがつき、私たちはつい最近、電算機メーカーが出したコンパクトカメラの話題に移った。

軽量小型で、防水性に富んでいる。これから夏に向けて、売れ行きがのびることは明らかだった。

「いや、なかなかやるなって感じですよ。こっちに入った情報じゃ本当は、昨年の夏に売り出す予定だったっていうんですがね。発売直前になって、防水ケースの欠陥が見つかり、涙を飲んで一年待ったらしいんです。そうしたら冷夏でしょ。今年の方がむしろ良さそうだって張り切ってますよ」

「アイデア勝ちだな」

「あそこには、デザイナーこみの開発グループがついてるんですよ。デザイナーはタイムチャージで契約したらしいんですが、ロイヤリティにしておけばよかったのに、ってもっぱら、やっかみ半分の噂《うわさ》がとんでますけどね」

インダストリアル・デザイナーが自分のデザインに対して、メーカーから報酬を受ける場合、一般的なロイヤリティ（歩合）方式の他に、タイムチャージ方式という形がある。

これは、いってみれば、一定期間を契約社員のような形で過す方式で、ロイヤリティ方式とちがい、開発費を自分で持つ必要がないという利点がある。製品によって、莫大《ばくだい》な開発費がかかると予想される場合（たとえば車や飛行機など）、有効な方法である。

ひとわたり世間話を交すと、私たちは五階まで昇った。

応接セットで向かいあい、モックアップモデルをはさむ。

「来週に二回目のプレゼンテーションがありますね。そこで問題が出なければ、トップの方の会議にかけます」

「設計の方からの注文はどうだい？」

「田崎さんが例によってぶつぶついうでしょうが、上でゴーということになれば、プロトタイプにかからなけりゃならんでしょう」

「販売の方の反応は？」

「いけると踏んでるみたいですよ。モニターのカメラマンからもいろいろ、アンケートを取ってるみたいだし」

私は頷《うなず》いた。篝が手帳を取り出し、日程の打ち合わせを始めた。おおよそのラインは、私の中で固まっている。ただそれを、今の段階で押しつけることはしない。メーカー上層部からのゴーサインが出れば、いずれ試作検討会でやりあうことになるのだ。

自信もあったし、おおよその予想もついた。

打ち合わせを終え、篝が事務所を出ていくと、堀井がいった。

「さっき関根さんから電話がありました。近くに来ているから、夕方寄っていくそうです」

「わかった。今日は五時で帰っていい」

「家の方はもう片付いたんですか。何だったら手伝いに行きますよ」

堀井は頷いていった。

「妙に愛想がいいな。狙《ねら》いはボーナスか」

「おっと……」

堀井は相好《そうごう》を崩した。電気大を出てから、デザインスクールに入り直し、アルバイトを経て、私の事務所に入ってきた。東京生まれの東京育ちで、垢《あか》ぬけた雰囲気と、都会っ子らしいドライな感覚を持ちあわせている。

「夏休みのローテーションもありますし」

鋭く切りこんできた。仕事を嫌いではないのだろうが、遊ぶことは、もっと嫌いではない。かなりの数のガールフレンドを抱えていることも知っている。

「ツーリングにでも出るのか」

「いいですね。買ったばっかのFZ400Rがありますからね」

「コケて顔縫うなよ。治療費でボーナスが消えるぞ」

「冗談、そこまでドジじゃありませんよ」

「じゃあせいぜい頑張って青焼き仕上げるんだな」

「へい」

立ち上がって、冷蔵庫から麦茶を出した。

「木島さんは?」

「いい。どうせ関根が来るなら、ビールになる」

「変な人ですよね。ビールの悪口いっちゃ、がぶがぶ飲んでる」

「酒なら何でもいいのさ。勿体《もったい》をつけてはいるがな」

「あの人があんなに器用だとは信じられない」

堀井は、麦茶の入ったコップを手に図面台に戻り、ぶつぶつ呟《つぶや》いた。アルコールが一滴も飲めないのだ。そのせいか、酒飲みを、どこか偏見のこもった目で見ている。

五時になると堀井が、仕上げたデザイン画を置いて帰った。私は、それを製図盤から取り上げ見やった。

悪くはない。悪くはないが、どこか質感に欠けている。手にとってみたくなるような魅力が、絵から匂《にお》いたってこない。

やがてはそれを身につけることになるだろう。そうなれば、あとはセンスが物をいう。人の下で使われている必要もなくなる。

デスクの上に置いた電話が鳴り、私はとり上げた。

「俺《おれ》だ。上がっていいか」

「ああ」

「じゃ、今から行く」

いつもこうだ。やってくる少し前と直前の二回、関根は電話を入れて確認する。自分の来訪が第三者に知られると、ひどくまずいものになると思っているかのようだ。

インタフォンを鳴らし、関根が入ってきた。ダークグレイのジャケットに白い麻のシャツ、紺のスラックスをつけている。ネクタイはしていない。背も高いが肉づきも良い。ただ腹の出方が西洋人的で、ベルトの位置までで止まっている。上体に比べ、下半身がスマートなのだ。

髪は短く、職人かやくざのような刈り方をしている。事実、初めて会う人間は、後者のような印象を受けるようだ。額は広いのだが、目が小さくて、しかも鋭い。

セキネ製作所という小さな会社の社長で、工業デザインに使うモデルを作っている。ABS樹脂、金属、クレー、何でも使い、中味はがらんどうだが、見た目と重さはそっくりのモックアップモデルを作る。

腕はいい。もう少し、人づきあいのいい男で、使用人に対しても妥協すれば、会社を倍以上の規模にできたろう。気が短い部分とねばり強い面をあわせ持っていて、かなり長くつきあった人間にも考えていることを悟らせないようなところがある。

「よう」

私に頷《うなず》くと、大股《おおまた》で冷蔵庫に歩みよった。堀井が買ってきて入れておく、シュリッツライトを取り出すと、トップを押した。

ひと口飲む。

「まずいな。よくこんなまずいものを飲んでる」

私は肩をすくめた。そういいつつも、最初の一本を空《あ》け、もう二本取り出した。一本を私に渡す。

「火をつけられたんだって、家に」

どっかりとソファに腰をおろし、関根は私を見上げた。

「若い衆から聞いたよ。常習犯なのか」

関根は、堀井のことをいつも「若い衆」と呼ぶ。そういった言葉づかいがよけいに彼を堅気らしくなく見せる。

「わからん。ただ私の家の周りで放火事件が起きたことなどなかった」

「どんな手口を使ったんだ」

話してやった。目を細めて聞いていた。

「ちがうな、それは。あきらかにあんたを狙《ねら》ってやったんだ」

聞き終えると、あっさりいった。

「わかるのか」

「そう。俺《おれ》には、わかる」

関根が以前、何をしていたかは知らない。若いときからモデル屋をやっていたのでないことは確かだ。十年、勤《あか》めていたときも含めて、彼とはつきあっている。私より五歳年上で、八つちがう妙に垢ぬけした奥さんを持っている。子供はいない。手先が器用なのを生かして、若いときはかなり悪さをした、というのを聞いたことがある。

真夏でも、決して長袖《ながそで》のシャツを脱がない。

「恨まれる覚えはない」

何かをいいかけ、黙った。新たに開けたシュリッツの缶を口に運ぶ。

「今のあんたを恨むような人間は、そう、いないな」

会話の端々に、そう、という言葉をはさむ癖がある。

「昔の私ならあるのか」

彼には話したことがある。つきあい始めて二年か三年目のときだ。一度だけ話し、そのときは聞いてくれ、あとは忘れてしまったように振舞ってくれる、そんな気がしたのだ。その通りだった。

「だが、なぜ今なんだ」

「わからん」

関根は太い首を振った。

「あんたにわからん。俺《おれ》にわかる筈《はず》がない。おそらく人ちがいか何かだろう」

私たちはしばらく黙って見つめあっていた。缶に残ったビールをひと口で飲み干し、関根は握り潰《つぶ》した。

「まずいな」

私は小さく笑った。彼がぎょろりと小さな目をむいて、いった。

「晩飯、どうする」

「別に。考えてない」

「そろそろ身を固めろ。一人前の男が長いことひとりでいると、ろくなことにならん」

「どうして」

「余裕が、妙にできる。だから下らん博奕《ばくち》で身上《しんしょう》を潰す羽目になったり、変な女にひっかかる」

私はまた笑った。

「さては心当たりがあるな。そう、女だろう」

目ざとい男だ。

「かもしれん。気に入っている」

「珍しいな。いつだ」

「ひと月前」

唇を尖《とが》らせた。いろいろわかっている女なのか」

「最近だな。いろいろわかっている女なのか」

「少しだけだ。知ろうという気持があまりない」

「あんたがそういう人間だというのはわかる。だが、偶然にしちゃ、そう、気になるな。火つけと女が」

「八百屋お七か」

「笑いごとじゃないぜ。あんたが惚《ほ》れたんだろうから、そんなひどい女じゃないだろう。だが、女ってやつはな……」

いいかけて黙った。

「どうした」

「何でもない。あんたを怒らせちまいたくない。それに、俺にはとやかくいう資格はない。それより飯を食いにいこう」

「どこで、何を食う？」

「暑い日にゃ精力のつく物を食うことにしてる。俺が懇意にしてる爺《じい》さんがやってる、蒲焼《かばや》き屋がある。きたねえ店だが、味は確かだ。うまい地酒もあるんだ」

「おいおい、この暑いのに、熱燗《あつかん》を飲もうっていうのか」

「いっとくが、こんなにくそまずいものは置いてないぜ。熱燗がいやなら冷やだ」

潰《つぶ》した空き缶をほうった。狙《ねら》いたがわず、小さなキッチンのゴミ箱に入る。

私は苦笑した。

「ところで、今度の、どうだった」

上着を手にして立ち上がると、関根が何げない調子で訊《たず》ねた。

「よかった。おかげで改良点が見つかったよ」

「どこだ」

「シャッターボタンをもう少し内寄りにした方がいい。小さくなった分、指が深くかかるからな」

関根は無言で頷《うなず》いた。いつもそうだ。作ってみて、そのモデルの欠点に気づいても、こちらが口にするまでは決して指摘しない。

「戸締まり、きちんとしとけよ」

珍しく、私に忠告した。いわれた通りにして、私たちは階下に降りた。ビルの前に、関根のセドリックが駐《と》まっている。十年来、黒に乗っている。自家用で、運転手もいないのに、黒い車に乗るのだ。

他の色は、ちゃらちゃらしておちつかない、というのがそのいい訳だ。

私はオフィスへは、車ではなく電車で通っている。朝、道が混《こ》みすぎるのが理由だ。渋滞の道路で小一時間も苛立《いらだ》ち、事務所に到着したのでは、既に半日分のエネルギーを消耗したような気分になってしまう。

ステアリングを握った関根が私を連れていったのは、大森と大井町の中間にある、小さな鰻屋《うなぎや》だった。商店街の中にあり、古めかしい「うなぎ」の看板の下は、水が打たれてある。

色のあせた暖簾《のれん》の横に小さな窓口があって、総菜用の蒲焼《かばや》きも売っている。そこに立っていた、化粧っ気のない女が、関根を認めた。

「あら、いらっしゃい」

ひと目見たところでは若く見えるが、実際は三十を越えているようだ。

「親爺《おやじ》いるかい」

関根が訊《たず》ねると、女はくすりと笑った。

「はい。きのう碁会の帰りに飲みすぎたって、昼までうんうん唸《うな》ってたけど、さっきはもう迎え酒だって冷やをひっかけてました」

「そうか。あいかわらずだな」

開けたばかりなのか、正面のカウンターにも、五つほどある四人掛けの席にも人影はなかった。

私と関根は、カウンターに近い席に腰かけた。

「飲み物は何を」

カウンターの端がつながった窓口から、女が向き直った。足が悪いようだ。片方をひきずるように歩く。

「俺《おれ》は熱燗《あつかん》だ。あんたは――」

「ビール、ありますか」

「そんなもんは――」

「はい。ございます」

私は関根と顔を見合わせた。関根は不満そうに頬《ほお》をふくらませた。

「あるようだな」

「あんなまずいもん、どうしておくんだよ」

「だって、関根さん。飲まれるお客様もいらっしゃるのだから、しようがないじゃありませんか」

女はおかしそうに笑った。

「ふーん」

面白くなさそうだった。

「焼きますか？」

二人分の通しと、私のビールを運んできて女が訊《たず》ねた。

「うん。その前にちょっと親爺《おやじ》に話があるんだ」

「じゃあ、呼んできますね」

女が店の奥に消えると、関根はビール壜《びん》をとりあげた。グラスはふたつある。平然と自分の側に注《つ》ぎ、ひと口で干した。

「女のときもそうなのか」

おかしそうに、私がいった。

「何が」

「嫌いだといっては、さっきからビールを飲んでいる。本当は好きだとしか思えん。だから、惚《ほ》れた女に対しても、くそみそにいいながら可愛《かわい》がっているんじゃないかと思ったのさ」

「馬鹿なことをいうな」

さして外れていなかったようだ。狼狽《ろうばい》したように首を振った。

私はビールを注ぎ、飲んだ。よく冷えていた。ビールの冷えすぎはまずいとする説があるが、私はそうは思わない。

冷えているほど、喉《のど》に質感のようなものを感じる。ごついものを飲み下す、そんな気分になれるのだ。味ではなく、気魄《きはく》で飲むのだ。

白い開襟《かいきん》シャツにコットンパンツ、前掛けをした老人が、カウンターの奥から現われた。

年の見当がつかない。六十二、三、七十過ぎにも見える。あまり陽《ひ》に焼けていなくて、頭頂部にわずか残った髪は、白い和毛《にこげ》だ。

小柄で、背は少し曲っているものの、身のこなしはきびきびしている。

「良《りょう》さん、早いね」

老人がいった。

関根の名は、良太郎という。リョウタロウと読まれればいいが、若いときはヨタロウと呼ばれたものだ――苦笑していたことがある。

「親爺《おやじ》、ちょっとかけなよ。話があってきたんだ」

老人は、関根を見、それから探るような視線を私に向けた。

「良さん、もうカタギになってずいぶん経つし。その旦那《だんな》もサツには見えないが……」

「サツ、関係ない。こいつは、俺《おれ》の連れだ」

「そうかい」

カウンターのはね戸をくぐり、老人は、私と関根に近い椅子《いす》に腰をおろした。

「初めまして。木島です」

「川奈です。良さんとは長いつきあいで――」

両手を膝《ひざ》の上に置き、ぺこりと頭を下げた。

「まあ、そいつはいいよ」

関根がとどめた。老人が店の奥を振り返って怒鳴った。

「おい、良子、良子！」

「はーい」

「愚図、何してやがんだ。お客さんのビールが空《から》じゃねえか！」

「すいませーん」

「そっから、俺の冷やぁ持ってこい」

「はーい」

良子と呼ばれた女が、熱燗徳利《あつかんどつくり》と冷やの入ったコップ、それにビールを盆の上に載せて現われた。

「まったく気がきかねえ、女《アマ》だ」

川奈老人はぶつぶつとつぶやいた。女は一向に気にする様子もなく、むしろ楽しげに関根に酌をした。

「あっちに行ってろ。お前みてえな色気のねえ婆《ばば》あが酌したら、マズくならあ」

「はいはい」

「お嬢さんですか」

女が消えた後で、私が訊《たず》ねた。途端に、関根がくっくと笑い出し、川奈老人は苦虫を嚙み潰《つぶ》したような表情になった。

「木島、あやまった方がいいぜ。あの子は親爺《おやじ》のかみさんだ」

「これは失礼」

「いんですよ。年甲斐《としがい》もなく、若え女房《バシタ》を貰《もら》っちまったもんで」

今度は照れ臭そうに呟《つぶや》いた。

「それより、何ですか。話ってのは」

「そう。木島、話してやってくれ。お前の家に火をつけた奴《やつ》の手口だ。この親爺は、もうせん、そっちの方の玄人《くろうと》だったんだ」

私が目を瞠《みは》ると、老人は冷やの入ったコップを口に運んだ。無理に表情を殺している。

「火つけの川奈っていってな。有名なおっさんだよ」

「おだてちゃいけません」

「そんなこと、おだてるもんか。落語だよ、それじゃあ」

二人は吹き出した。笑いがおさまると、関根が私を促した。私は話してやった。

聞いている間、川奈老人は、両手を膝《ひざ》の上に置いていた。

「どうだい」

話が終わり、関根が水を向けると、川奈老人は小首をかしげた。

「ふーん。火つけの常習犯じゃないねえ」

「…………」

「ただガソリンてのはな……」

「ガソリンじゃまずいのかい」

関根が訊《たず》ねた。

「いや。これはどっちもなんですがね。ガソリンてのは、蒸発が早いんで、お話に聞いたような、たいしたことのねえ量だとすると、時限装置に火がつくまでの間に、全部なくなっちまうことがあるんでさ。もっとも、これが密閉された部屋の中か何かだと、気化してる方が火がつきやすいんで、ドカン、てなこともあるんですよ」

「ガソリンじゃなきゃ何を使うんだ」

「灯油ですよ。これは粘っこく燃えますからね、ただね、冬ならいざ知らず、このくそ暑いときに、灯油なんぞ買いに行きゃ、いやでも人目につきますから。それだけアシもつきやすくなる。ガソリンなら、車からぬきゃいいんですからね」

「時限装置についちゃどうだ」

「ロウソクとマッチじゃちがうし、それにガソリンだと、ロウソクは使わねえんじゃないかな。さっきもいったように、ガソリンてのは気化すると火がつきやすいですからね。ロウソクでぼんぼん燃してると、こっちの火ぃつけたいときより前に、ドカンて燃え出しちまうことがありますから。第一、長い時間を待つ必要のない装置だったら、煙草《たばこ》とマッチの組み合わせでしょう」

「どんな？」

「これは、昔、GIなんかがよくやった手なんですがね。ペーパーマッチってあるでしょう。下の方を閉じてある奴《やつ》」

「ブックマッチだな」

「そうです。それに短い煙草をはさんでおいておくんですよ。煙草が燃えてって、マッチの軸の先っちょにおっつくと、パアーって火が燃え上がります」

「あまりない手かい？」

川奈老人は唸《うな》って、首をかしげた。

「やったのは、素人《しろうと》ですか？」

私が訊《たず》ねた。

「これも、ふたっ通りあるんだけどね。旦那《だんな》の家を本気で全焼させるつもりなら、もうちっとちがう手を使ったと思う。玄人なら、いったいどれぐらいの仕掛けで、どれぐらい焼けるか、わかるからね」

「そうすると？　最初っから木島の家を全焼させる気のない玄人か、量をまちがえた素人ということか」

「ええ」

「どっちだと思う？　親爺《おやじ》は」

「火つけってのはね、良さん。狙《ねら》ってやるときは、よしやろう、じゃ今すぐってわけにはいかねえんでさ。よくいうでしょ、『ドロボー、人殺しーっ』って叫んでも人は出て来ねえけど、『火事だっ』てやりゃ、飛び出してくる。だから、やるときには、充分下調べが必要なんですよ。木島の旦那のお宅をやった奴《やつ》も、調べてはいたと思うんでさ。表っかわじゃなくて、庭の方から入って火をつけたわけでしょ。そのぶん時限装置を使ったりしているんだ。

それにね、どうもバタ臭《くせ》えんだな、やり口が。そりゃいろんな野郎が、火つけの中にもいますけどね、どうもそこらのチンピラがやったって感じじゃない。そうですね、セミプロが、脅《おど》しでやったってところですか」

「セミプロだ？」

親爺は頷《うなず》いた。

「そりゃ、セミプロがなんで、木島の家を狙《ねら》うんだ」

「そりゃ、旦那の方で考えていただかなきゃ。人を使ったにしろ、自分でやったにしろ、それ相応の——いけね、失礼なこといっちまった」

関根が、私を見つめた。私は静かに訊《たず》ねた。

「また、やりにくるってことはありますか？」

「あたしだったら、もう火つけはしません。放火ってことになれば、消防署だけじゃなし、サツがうるさくなりますからね。第一、割にあわねえんですよ。パクられると、ほんのちょっと火傷《やけど》を負わしただけでも、傷害なんかより、はるかに罪が重いんですよ」

私たちは沈黙した。人ちがいでない限り、確かに誰《だれ》かが私を狙ったことになる。しかも、川奈老人は、放火犯は充分下調べを行っている筈《はず》だ、といった。となれば、人ちがいの公算は低い。

「じゃ、焼きますぜ」

川奈老人の言葉に、ぎょっとして私は目を上げた。関根も同じように驚いていた。

「鰻《うなぎ》ですよ、いいですか」

「悪かったな。頼むよ」

関根がいい、老人は腰をかがめた。

「結婚するつもりなのか」

関根がブランデーの入ったグラスをつまんでいった。

「わからない。今まで女性に対してそういう気持を抱いて接したことがない」

私はワイルド・ターキイのオンザロックだ。関根にいわせれば「土方の酒」だが、水割りでなく、ウイスキーを飲むときは、これが良い。

「初めて女に惚《ほ》れたようなことをいう」

「似たようなことを、彼女にもいわれた」

「ニヤつくのはよせ。あんたには似合わん」

赤坂の外れの、関根がよく使う店だった。娘が五人ほどいるのだが、席につくときもあれば、つかないときもある。なぜそうなのかは、よくわからない。

そのうちのひとりがピアノに向かって歌っている。日本語の歌だが、歌謡曲のようではない。しばらく聞いているうちに、私でも知っている曲を弾《ひ》き出した。

「あの日に帰りたい」―、荒井由実の曲を演奏しているのだ。彼女が結婚し、松任谷になってからのものもあった。

あまりうまくない歌が、むしろスリリングで、聞いてやろうという思いを起こさせる。歌詞の内容は、どれも意味があり、酒場で聞くには、やや重すぎるような気がした。

「結婚しちまうのもいい。ただ、あんたの惚《ほ》れた女が、今度の件に関《かか》わりないとわかってからだ」

「彼女は関係ない」

どしがたいというように、首を振った。

「火がつけられたとき、あそこにいたのは、あんたと彼女だ。あんたに心あたりがなけりゃ、そう、彼女しかいまい」

「心あたり」

「そうだ。よく考えろ、俺《おれ》に、彼女を悪役にさせたくなけりゃ」

オンザロックを口に運んだ。唇にしみるような味がした。

静かな店だ。三十人ほどは入る店の半分には、客が埋まっているのに、他の席の話し声はまったく聞こえない。

「考えているのか、おい」

「どうした、何を苛立《いらだ》ってる」

「なんでそうなんだ。女に惚れているときぐらい、クールな面をぬいでみろ」

「私にはわかりようがない。もし、私を狙《ねら》った者だとしたら、十年以上前の件についてかもしれない。だが、なぜ今なのか、どうして狙う気になったのか、見当がつかん」

「恋人がいたのかもしれん」

「そう、いた、と聞いている」

いる、と確かにいった。湿った土の匂《にお》いと葉の腐臭が強い、塹壕《ざんごう》の中でいった。

――恐《こわ》いな。恐くないかい？

『そりゃ恐いさ』

――恋人がいるんだ、まだ学生の。短大に入ったばかり。高校の頃からつきあってる。

『いいな、俺はいない』

――そんな。いない方がいい。あいつのこと思い出すと、無性に死ぬのが恐くなる。

『死ぬことはないさ』

――どうしてわかる、この戦争が何なのか、答えられる奴《やつ》は、ひとりもいない。なのに、毎日、バタバタ死んでるんだ。今、この瞬間、吹っ飛ばされたって、おかしくはないのに。

『だったら、死ぬかもしれない。だからどうなんだ。それがあるから、俺やあんたはここにいるのじゃないか。死があるから、さ』

雷鳴のような、迫撃砲弾の炸裂音《さくれつおん》が、ひっきりなしに、夜をゆり動かしていた。じっとりと、ねっとりと、濃く、深い、暑さが、全身にからみついていた。

「今頃になって、どうしてだ」

思いが言葉になって出た。

「なにかがあったのだろう。我慢していたが、我慢しきれなくなったのかもしれん」

「そんなことがあるのか」

「何だって起きる。起きないことなど、この世にはない」

関根が煙草をとり出してくわえた。私と会ってから二本目の煙草だった。一本目は、夕食のあと喫《す》った。量を減らしている、と聞いた。

「そうだな。関根のような人間が、健康を考えている」

「悪いか」

「悪いとは思わない。が、去年だったら、私が勧めてもそうしなかったろう」

「だろうな」

あっさり認めた。

「子供でもできたのか」

にやり、と笑った。

「あんたが、そういうと思った。ちがう、これから作るつもりなんだ」

驚いて、私はいった。

「じゃあ、今までは――」

「コントロールしていた。ガキなんぞ、わずらわしいし、五体満足なのが出てくるって限っちゃいない、とな」

「それがどうして変わった」

「女房にほだされた。女に生まれた以上、一度でいいから『お母ちゃん』て、もみじみたいな手で背中に触れられたいって、ぬかしやがった。泣けちまうぜ」

「泣けるな」

ウイスキーを足した。

「構造がちがうんだ、男とは。女に、玉とか棒とか附属品をつけりゃ、女は男になれる。ガキを作ることも可能さ。だが、男から、そんな附属品を取っぱらっても、女にはなれん。子供を生むことはできないからな」

「カタいことをいう」

「つくづく考えたんだ。俺《おれ》はサラリーマンの連中が、なんであぁ、バタバタ結婚しちゃ、ガキを欲しがり、家を建てたがるのかってな」

関根は、サラリーマンをひどく軽蔑《けいべつ》していた。必要は認めるが、友人にはなりたくない――そういったものだ。

「要するに、自分の手でこしらえたものが欲しいのさ。ガキなら、正真正銘、まちがいないからな。手のこんだプラモデルを作るよりましだ」

「あんたはさんざん作ってきたじゃないか。その、ごつくて器用な指で」

「ああ。だが、声を立て、這《は》い回り、飯を食い、小便やウンチをたれ流すようなのは、作っちゃいない」

「玩具《おもちゃ》に作るわけじゃないんだな」

「もちろんだ。やるからには徹底的にやる」

そのいい方がおかしかった。

「相手があってなりたつものなんだな」

「そうだ。だから、あんたの惚《ほ》れた、その女が、妙なものをひきずってさえいなけりゃ、俺はいくらでもあと押しするぞ」

ブランデーを注《つ》いだ。少し酔っているようにも見える、注ぎ方だった。

「いってみろよ、どんな女なんだ」

「どんな……」

私は微笑した。久邇子の、現在《いま》以外は、それほど知っているわけではない。知ろうという気がおきるほどの余裕を、まだ彼女に対して持っていない。

「珍しいな。私にそんなことを訊きたがるなんて」

「ごまかすな。説明するのが面倒なら、一度会わせてみろ」

「いいだろう。近いうちに一度。約束しよう」

「よし」

大きく頷《うなず》いて、関根はブランデーグラスをのぞきこんだ。

私は、三杯目のオンザロックを飲み干した。だんだんとしみなくなってきている。人間も同じだ。刺激を受けつづければ、やがてそれを感じなくなってくる。

「おい」

関根が不意にいって、顔を上げた。真剣な表情だった。

「気をつけろ」

私は微笑した。平和な、酒場での、男と男のやりとりだ。どこにも危機を感じさせるものはない。

これがあたり前なのだ。この先、何が起きる、という不安感はない。

「わかってるか」

「ああ、わかってる」

「ならいい。やられちまうんじゃないぞ」

私は関根が好きだった。こんな男と知りあえた、I・Dの世界に入って、本当によかった、と思った。

鍵《かぎ》を開け、家の中に入ったとき、電話が鳴っていることを知った。キッチンまで進み、明りをつけずに、受話器をとった。

「ごめんなさい、寝てらしたの」

久邇子だった。

「いや。今、帰ってきたところなんだ」

私は息を切らして、椅子《いす》にすわりこんだ。

「お仕事？」

「友人だ。仕事にも関係がある」

「そう。なら良かった。なんとなく、心配だったんです。妙な電話もあったし」

冷蔵庫の扉にのばした手が止まった。

「妙な電話？」

「ええ、いたずら電話。鳴ってとると、しばらくして、切れてしまうの」

「何か喋《しゃべ》りかけてはこない？」

「こないんです。ただ黙っているだけ」

「前にもあったことかい」

「ひどいことをいう電話が二年くらい前に一度。それからはないわ」

「……大丈夫かな」

「私は、何もない。第一、ゴジラだって火を吹く前に逃げだしそうな男と一緒だったのだ」

「心配してる。嫌《いや》ね。心配されるのは、あなたの方よ」

「だといいのだが」

「どうしたの、ただのまちがい電話かもしれないじゃない。あまり気にしないで」

私は黙った。私を狙《ねら》っている人間が、彼女にもいやがらせをしたのだろうか。

「平気よ。実家もすぐそばだし」

「なに、それ」

関根のことを話してやった。笑い声が耳に心地よかった。

「明日は、なにしてらっしゃるの？」

笑いやむと、彼女が訊《たず》ねた。

「五時五十九分までオフィスにいる。六時からはデートをしている」

「数多い女のひとりと？」

「ひとりしかいない女性とだ」

「あら。どうすればいいの」

「オフィスの電話番号を教えるから、迎えにきて欲しい」

「わかりました」

「じゃあ、明日」

「おやすみなさい」

切れた受話器をおき、冷蔵庫からハイネケンを取り出した。ひと口飲み、上着を脱ぐと、両脚をのばした。

明日の午前中には、保険会社から鑑定人がやってくる。それまでは、燃えた部屋はそのままだ。

明日の晩、久邇子は泊まってくれるだろうか。酔った頭でぼんやりと考えた。冷えたビールが、胸の熱に心地よかった。

電話が鳴った。

最初のベルが鳴りおわらぬうちに受話器をつかんだ。

「もしもし」

「……………」

「もしもし」

返事はかえってこない。私は耳をすませた。かすかに、街路のざわめきと、相手の息づかいが聞こえるだけだ。

「なぜ、こんなことをする？」

「……………」

「いいたいことがあるなら、いってみたまえ」

怒りがこみあげてきた。久邇子の部屋に電話を入れた人間と同一人物だと思った。

「須田さんの家に電話をしたのも、君だろう。何が目的だ」

数秒、間があき、ゆっくりと切れた。

私は切れた受話器を耳にあてていた。怒りが静まるまで、時間がかかった。やがて、それが不安に変わった。

キッチンの椅子《いす》を立つまで、十分以上をそこで過した。そして、立ち上がったときには、このことを久邇子には話さないでおこうと決心していた。

4　犬の行為

女性と酒は、良い仕事と両立しない、という諺《ことわざ》が誤りであることを知った一日だった。

午前中いっぱいを、保険会社からやってきたふたりの人間の応対につぶし、午後から事務所に出ると、プロ用ハンディカメラのモックアップモデル検討に没頭した。このカメラのデザインに関《かか》わり始めて、一年と三か月になる。既にある商品のマイナーチェンジにたずさわるのとちがい、新製品のデザイン考案に費す時間としては、短すぎず、長すぎない期間だ。あと半年もすれば、最終仕様にまでこぎつけられるだろう。

デザインは、数秒で思い浮かぶこともあれば、十日、ひと月と苦しんでも生まれてこないときもある。考案に要した時間の長さと、完成度には、何の因果関係も存在しない、というのが私の考え方である。

同様のことが、考案から始まり、生産開始に至るまでのプロセスにもいえる。どこかを変えるべきだと知りながらも、改良点をすぐには見出せず、いらだつ日々もあれば、即座に正解に限りなく近い解答を得られる一日もある。

この日がそうだった。

関根に話した、シャッター部分とは別に、三つの改良点を発見し、それらをスケッチと文章でまとめることができた。それは私としては、近来にない、まれに見る能率といえた。

まとめを五時過ぎまでには終了し、残りの時間を、堀井を帰しひとりになった事務所のソファで、モックアップモデルを眺めてつぶした。

その結果、今の段階でこれ以上の改良点を見出せないのは、私の注意力と才能が限界に達しているのか、このモデルに関しては自己最高のものを作り出し得たのかのどちらかである、という結論に達した。

五時五十分に、デスクの上の電話が鳴り、久邇子が彼女の車で、すぐ近くにやって来ていることを知らされた。

遅く出勤したにもかかわらず、私が自分のサーブを使わないのにはふたつ理由がある。ひとつは、この附近に、サーブを駐《と》めておける適当な駐車場がないこと。もうひとつは、外観しか見ていない、久邇子のファミリアに、彼女がどう乗っているかを知ってみたくなったのだ。

車の乗り方には、個性が出る。車を、単に移動の手段としか考えていない人間と、住居に匹敵する、あるいはそれを越えるほどの、安息の場と考えている人間とでは、その内装、小道具への気の遣い方、塗装状態、すべてに差が出る。

早い話、車の塗装に注意を払う人間は、決して自動洗車機を使用しない。洗車機は、確実に塗装を傷《いた》め、本来の光沢を奪うからだ。

久瀰子は、女性としては、異常なほどではない車好きに分類できた。自動洗車機は使用していないとわかる屋根の状態に比べ、車内には決してごてごてとした飾りつけはおかれていない。

女性が好みがちな、ルームミラーに吊《つ》るす人形、ステッカー、カーテンの類《たぐい》はなく、バックシートにカセットテープの詰まった木箱が置かれているだけだ。カーコンポは、標準装備の品より高くつく品をとり付けていた。自動車メーカーではなく、オーディオメーカーが発売している製品だ。

「これ同じでしょ」

私が、いやらしくならない程度に、久瀰子の車を観察していると、彼女がいった。

「ステレオ?」

「そう。あなたのサーブに初めて乗せてもらったとき、あら同じカーステレオを積んでるって思ったの」

「標準装備ではない」

「ええ。音もいいし、普通のタイプより扱いやすい。それに、形が洒落《しやれ》ているわ」

私は微笑した。

「作った人間も、それを目ざしていたようだ」

「あら。じゃあ、あなたがこれを?」

「それはヒットした。過ぎし日の栄光を追い求めれば、だ」

「尊敬します」

本気でそう考えているような目をした。ときおり、言葉の意を倍以上明確にする視線を、彼女は私に向ける。それが、私に対してのみなのか、彼女にとり癖同様の、自然な仕草なのか、私はとまどい、推し測ろうと努力する。

ぬけぬけと、直接訊《たず》ねることができるほどの自信はない。

「さあ、どこへ行けばいいの」

彼女は白いシャツブラウスからのびた両手を、ハンドルにかけていった。下は、黒のパンツスタイルで、ヒールの低い、行動的なパンプスをはいている。その脚線が見られぬことは、ちょっとした失望だったが、言葉には出さぬことにした。

「浅草だ」

問いたげに眉《まゆ》を吊《つ》り上げかけた。しかし、何もいわず、ドライブにレンジを入れると発進した。

久邇子の運転は、自然である。女性ドライバーの中には、女性の運転が信用できないといわれるのは、大胆さが欠如しているゆえだ、と解釈し、ひどく大胆なハンドリングをするタイプがいる。彼女にはそれがない。といって、いわゆる〝もたつく〟運転でもない。

安全で、的確な運転なのだ。

時間帯を考え、首都高速は避けることにし、昭和通りをまっすぐ進んだ。上野を東に折れ、国際通りに入った時点で、私が道を指示した。

国際劇場の近くで、車を駐車場に預けた。すぐそばに、公園六区、映画街がある。あきらかに、渋谷《しぶや》や原宿、六本木とはちがう活気、人間が溢《あふ》れている。浅草周辺の盛り場を、ガラが悪い、品がない、という言葉をつかって敬遠する知りあいがいる。だが、盛り場とは、本来、そういうものだ。剣呑《けんのん》だというなら、新宿や池袋も、ときには渋谷でさえ同じである。

行き慣れた街だから、危険な場所と、そうでない場所の区別がつく、と思うのは油断にほかならない。通い慣れた街の、今まで予期すらしなかった場所で、トラブルに巻きこまれた人間を、私は知っている。

時間は早く、私たちはこれという目的もないまま盛り場を歩いた。仲見世はすぐそこにあったが、そちらに足を向けると、私の目当ての店から遠ざかることになる。

久邇子に、そう説明した。

「何のお店？」

「牛鍋屋《ぎゅうなべや》だ」

素早い微笑を見せ、頷《うなず》いた。知りあって間もなくのことだが、すき焼きの、関東風と関西風のちがいについて、他愛のない議論をかわしたことがあった。そのとき、彼女が、自分が正しいと信ずる説には断固こだわり、容易に節を屈しない人間であることを知った。

それについての異論はない。ただ今夜は、そのときの会話に、ある種の結論を見出せると信じていた。

三十分ほど歩き回ると、私たちは、牛鍋屋の戸口をくぐった。商店街にはさまれるようにして建つ門構えからは、想像のつかない広い座敷と、まがりくねった廊下を持っている。年寄りの下足番がいて、三和土《たたき》にすえた太鼓を打つのも、かつて来たときの記憶と変わっていない。

屏風《びょうぶ》で分断された座敷の、低い卓子《テーブル》の前に胡坐《あぐら》をかき、どれほど来ていなかったかを考えた。

二年になる。関根と、彼の妻と三人で来て以来だ。私にここを教えたのは、父だった。ビールを飲み、煮える肉を口に運びながら、久邇子に父の話をした。

中学、高校時代と、私は父とは仲が悪かった。警察官という、父の職業を誇れたのは、小学生の間だけだった。学年があがるにつれ、私は父の職業を隠すようになり、大学に進学した年、私の将来について私と父親は、意見の大きなくいちがいを見た。その結果、私は親元を離れ、学費の他は、すべて自分の手で稼がざるを得ない境遇となった。学費だけは、卒業した年に亡くなった母が、秘《ひそ》かに送ってくれたのだ。

「何になりたかったの?」

久邇子が、煮つまりかけている鍋《なべ》に、アルミの薬罐《やかん》から水を足して訊《たず》ねた。

私はぬるくなりかけたビールの残りを壜《びん》から注《つ》ぎ答えた。

「報道関係に進みたかった。父親は、新聞記者をひどく嫌《きら》っていた。といって、デザイナーという言葉が、それよりも、父親を説得する役に立つとは思わなかった」

「報道関係？」

久邇子が箸《はし》を止めて、私を見た。

「たとえば、どんな仕事？」

「なんでもよかった」

あっさり受け流した。

「で、結局、そのお仕事についたの？」

「いや」

私は首を振った。ひどく後ろめたい気分だった。やがては、彼女に話すことになるだろう、とは思っていた。しかし、今夜、それをする決心はつかなかった。

「外国に出たのは、卒業してから？」

「そうだ。ビールは？」

「ビール腹で太ってしまうわ」

「私は太っていない」

「あなたは、数少ない例外。ビール会社があなたの存在を知れば、まちがいなく、ビールは太らない、という宣伝に使いたがるわ。そうなれば女性の愛好家が増えるわね」

「その場合、首から下の出演だ」

久邇子は首を振った。

「気がついていないの？　本当に」

「何を？」

「あなたが女性を惹《ひ》きつける顔だちをしていること」

「生まれてこのかた、ハンサムといわれたことがないし、自分で思ったこともない」

「そういった意味合いじゃなくて」

じれったそうにいった。

「女は、整った顔にだけ惹かれるわけではないわ。あなたの顔には匂《にお》いがあるの、ひどく冷たそうに見え、実はその内側にあるものがまったく別なものではないか、という匂い。

自分にだけは、そういう面を見せてくれるのではないかって、女に期待感を持たせるのよ」

「まったく信じられない」

「じゃあ、なぜわたしがこんなことをいうの」

「自分の気持を、自分に説明する口実」

「なんて意地悪な人なの。わたしは口実なんて必要としてないわ」

「では、なぜ私とつきあう」

「それは、わたしがあなたに——」

いいかけて黙った。頭が良い。惹かれたのが、容貌《ようぼう》によるものではない、と彼女はいいたい。だが、それを認めれば、先の言葉は、説得力を失う。

くやしそうに私をにらみ、考えた。すぐに笑みを浮かべた。

「おいしいもの。パンケーキの可能性」

「疑問の余地はない」

食事がすむと、私と久邇子は再び、あたりを歩き回った。今度は、仲見世まで足をのばした。店の大半がシャッターを閉ざしていた。

彼女が人形焼きを買い、いいわけをした。

「パンケーキの可能性に失望したときの備え」

「または、私たちが田園調布南で外界から遮断《しゃだん》されている間に、ハルマゲドンが起きた場合に備えて」

「遮断？」

私の左腕に、自然な仕草で彼女が腕を通した。

「すべてにシャッターをおろす。連絡を絶ち、ひたすら互いを研究する」

笑い出した。

「とうのたったアダムとイブになるわ」

「基準がない。もし、人類の生き残りが、君と私のふたりきりになったら、若いとか年寄りとかいう区別は無意味になる」

久邇子が唸《うな》った。

「それはとても素敵」

「年齢は気になる？」

真面目《まじめ》な表情になった。

「あなたが、自分の年齢について考えている以上に」

「………」

「そう、わたしは、結婚を一度も経験せずにこの年齢に達した独身の女性よりは、深くは考えないわ。でも、同じような男性より考える」

「どういった点で？」

「今は、いわない」

私が口を開きかけると素早くさえぎった。

「あやまらないで。決して、不愉快な話をしているわけではないから」

「わかった」

しばらく黙って歩いた。彼女の腕は、あいかわらず私の左腕にからんでいたし、これからの時間に否定的な結論が出されたという様子もなかった。

やがて、私たちは少しくたびれ、どちらからともなく、駐車場の方角に向きを変えた。

駐車場は、コンクリートをしいた、屋根のない土地で、駐車番の老人は、十時で帰るといって料金を先取りし、いなくなっていた。十時を過ぎれば、翌朝までどれだけ駐《と》めようと構わない、という意味のようだ。

久邇子のファミリアは、駐車した位置にぽつんと一台きりになって残っていた。

小さなバッグから彼女がキイを出し、まず助手席のロックを解いた。

「よかったら、私が運転するが」

「この車を運転してみたいの？」

「そういうわけではない」

「じゃ、わたしがします」

いって、車の前を回り、運転席の側に立った。私は車内にすべりこみ、運転席のロックを内側から解いた。

久邇子が立ちすくんだ。ドアを開けようとしない。私は、彼女の面《おもて》に、驚愕《きょうがく》の表情を認めた。

「どうした？」

答えなかった。

虫でもとまっているのかと思い、私は車をおりた。

彼女の側に回って、立ちすくんでいる理由を知った。

黒いペンキスプレーを使っていた。ファミリアの右フェンダーにいっぱい、悪戯書《いたずらが》きが記されていた。

私はじっと見つめた。それは、見つめさせずにはおかない言葉だった。

MERRILY WE GO TO HELL AND COME BACK
久邇子がゆっくりと顔を上げ、後退《あとじさ》りして私を見た。

「ひどい真似《まね》をする」

私は吐き捨てた。

久邇子は首を振った。私はその腕をとらえた。倒れこむように、私に体重をかけてきた。しっかりと目を閉じている。

「大丈夫か」

「ええ」

低い声で彼女が答えた。

「でも、お願い。運転して下さい」

「わかった」

その手からキイを受け取り、私は彼女を助手席にすわらせた。車を回りこむと、ドアの前にかがみ、文字に触れた。

ペンキは乾いている。悪戯《いたずら》書きをした人間は、私たちが駐車場に近づく以前に、ここを離れたのだ。

それでも立ち上がり、あたりを見回さずにはいられなかった。怒りと、そして、ぞくぞくするような不安感が私の中で入り混じっていた。

許せない。これを書いた人間は、私に対する敵意を露《あら》わにするために、やったのだ。私ならば、この言葉の意味を理解できると知っていたにちがいない。

久邇子を巻き添えにする必要はないのだ。

運転席に乗りこみ、イグニションをさしこんだ。キイを回そうとして、手が止まった。

馬鹿げている、とは思う。しかし、この悪戯書きも真実なら、私の家にガソリンを撒《ま》き時限装置で火をつけた人間がいるのも真実なのだ。

「車を降りたまえ」

ぐったりとシートに背を預けていた久邇子が、私を振り仰いだ。

「ボンネットを開ける。ひょっとしたら、そこにも悪戯をしているかもしれない。万一を考えて、車から離れるんだ」

息を呑《の》んだ。

「でも……」

「すぐに済むことだ」

私の声から感じとった。車を降り、数メートル離れた。

何かが仕掛けてあり、あるいはそれが私の家に仕掛けられたものより、はるかに危険な装置だとして、私には、それをどうにかできるという自信はなかった。そしてまた、それが巧妙な形で仕掛けられているなら、発見すら、できないかもしれない。とにかくボンネットカバーのロックを車内から操作して、外した。運転席を降り、カバーに手をかけて、ゆっくり持ち上げた。両掌《りょうて》が汗で濡《ぬ》れていた。

もし、カバーを上げても作動する仕組みになっていたら、と考えたのは、開き終えてからだった。

あらわれたエンジン部分を観察した。見慣れない部品、異様な形をした、何か、はなかった。駐車場の端に立つ水銀灯で、隅々《すみずみ》とはいかないまでも、ほとんどの部分を観察することができた。

それでも納得することはできなかった。

ボンネットを上げたまま運転席に回り、イグニションキイに手をかけた。シートにはすわらない。

キイをゆっくり回した。汗で指がすべりそうになった。

驚くほど大きな音だった。それが、ボンネットカバーを上げているためだと気づくのに、時間がかかった。

エンジンは正常に回っている。シートに半ばすわり、アクセルとブレーキペダルを踏んだ。特に、ブレーキペダルは、爪先《つまさき》に神経を集中して踏んだ。

異様な軽さはない。ブレーキが壊れると、ペダルがつき抜けるように軽くなる、と聞いたことがある。壊されても同様の筈《はず》だ、と思った。

「大丈夫？」

久邇子の声で我に返った。私は立ち上がり、微笑《ほほえ》んでみせた。

「考えすぎると、かえって長生きはできないようだ」

ボンネットカバーをおろした。久邇子がぎこちない笑みを見せて、歩みよってきた。

助手席にすわらせ、ドアを閉めると、再び乗りこんだ。

大きく息を吐いた。フロントグラスから見える、何の変哲もない、くすんだビルの壁が、妙に懐かしかった。

久邇子が私にしがみついた。強い力で、左腕のつけ根をつかみ、顔を肩に押しつけた。

「おどかしてすまない」

顔をふせたまま、首を振った。

「さあ、行こう」

レンジをドライブに入れ、慎重に発進した。駐車場を出、合流するときに減速したが、異常はない。

久邇子は無言で助手席に身を預けていた。彼女が悪戯書《いたずらが》きの意を解したとは思えないが、ひどいショックを受けたことはまちがいない。

関根が正しかった。ファミリアの車体に記された言葉がそれを証明している。

「どうする？」

とりあえず首都高速に入谷《いりや》インターから乗り入れ、私は訊《たず》ねた。

「六本木にでも寄ってやり直しをするかい」

できるだけ快活な響きを声に持たそうとした。

久邇子が首を振った。

「ごめんなさい。今夜は帰ります」

「わかった。君の家まで送ろう」

「いえ、先にあなたの家へ行って。そこからは、わたしが運転しますから」

「馬鹿をいってはいけない。タクシーを拾えばすむことだ」

「本当にすみません」

「君があやまることはないさ。原因は、人の車を汚して喜ぶ愚か者にあるんだ」

その愚か者の目的が私にあることはいわなかった。今以上、久邇子に不安な気持を味わわせても、何の意味もない。

高速では、つとめて安全運転を保った。バックミラーにも頻繁《ひんぱん》に目をやった。

放火に次ぐ、悪戯《いたずら》書き、犯人が私をマークしていることは明らかだった。私の家を知り、事務所を調べ、デートの行先にすら現われている。

私をどうしたいのかはわからない。だが、久邇子を巻きこむことだけは許せない。何がおころうと、それは私の過去に起因したことであって、彼女には関係がないのだ。

自由ケ丘に着くと、駐車場に車を入れ、アパートの玄関まで送った。

「よかったら、私の車を使って下さい」

久邇子がキイをさし出していった。

「それより、塗装の方をひき受けよう。良い修理屋を知っている。仕事が早くて、値段も良心的なんだ」

小さく首を振った。顔色が蒼《あお》ざめ、ひどく気分が悪そうだった。

「大丈夫です。叔父《おじ》が販売店をやっていて、車もそこから買ったものですから。頼めば、すぐにやってくれると思います」

「元気を出しなさい。確かに不愉快なことだが、ただの悪戯書《いたずらが》きだ」

何かを反論するように口を開いた。だが、それをやめ、微笑した。

「本当にそう。でも、なぜかしら、とてもひどい気分になってしまったの」

「よかったら、車はここに置き、私の家へ行ってみないか。ひとりになるより、かえって良いかもしれない」

申しわけなさそうに首を振った。

「心配をおかけしてすいません。でも、今夜は、もうこれで。木島さんと一緒にいたい気持でいっぱいなんです。でも……」

苦しそうな表情を浮かべた。

私は大急ぎで頷《うなず》いた。

「わかった。無理はいわない。だが、ひとりでいるのが嫌になったら、いつでも電話をしなさい。今夜だろうと、明日だろうと、かまわない。ずっと家にいるつもりだから」

「はい」

彼女の手を取った。久邇子がためらうように、私の目を見つめ、私の手を握り返した。両手で私の手を包むと持ち上げた。私の手の甲に唇を触れた。

「お休みなさい」

私は彼女を見つめたまま頷いた。この場で抱きすくめたい衝動を押さえていた。後ろ姿がアパートの玄関に消え、ヒールの低いパンプスが足早に階段を昇っていく音を聞いていた。

私の知る、彼女の部屋の窓に明りがつくのを待った。私を狙《ねら》う者が、彼女にまでその手をのばさぬことを願った。

明りがつき、その窓にカーテンがかかるのを、私は見守った。もし誰かが、久邇子を、髪の毛ひとすじでも傷つけたら、それがどんな理由であろうと、私は許すことができない。

私は怒りを感じていた。私自身にその原因があることで、別の人物が、彼女の心に痛みを与えるのは許せない。私に憎しみを感じるのなら、私だけを傷つければよいのだ。第三者に被害を与える必要はまったくない。

そこに佇《たたず》み、煙草を一本吸った。甘い気持も、軽い酔いも、充《み》たされた者だけが感じる火照《ほて》りも消えていた。私が欲しかったのは、久邇子と彼女を思う私の心を、傷つけた者への、怒りのはけ口だった。

何者かが現われるのを、私は待った。挙動の不審な人物が、彼女の住居の周囲をうろつき、私の目に止まるのを、私は願った。容赦なく、その者を打ちのめしてやりたい、という怒りが、強く私の心で渦《うず》まいていた。

何も起きず、私とは何の関《かか》わりもない人々が、私のかたわらを通りすぎていくだけだった。

地面に立ち、私は四階の窓を見上げた。そこにあるのは、今、私にとって最も大切なものだった。それは、絶対に守らねばならぬ、私の宝だった。

私は踵《きびす》を返した。にぎやかな通りまで歩いていくと、そこには若者が溢《あふ》れ、瞬間の充足に輝いていた。

その輝きが、私の気持を滅入《めい》らせた。彼らは、素知らぬ顔で行きかい、私を無言で責めているようにも感じた。

心を閉ざし、私は駅前のタクシー乗り場に並んだ。街はくすみ、モノトーンの風景に私だけがとり残されているのだ。

ビールは軽く、今の自分には合いそうもなかった。濃い水割りを手に、明りをつけない応接間で体をのばした。

万一、久邇子が電話を入れてきても、応接間ならベルを聞くことができる。二階に昇り、ベッドに横たわってしまうことは、自分への敗北を意味する。

煙草に火をつけ、水割りを口に含んだ。味がない。ただ喉《のど》を湿らすだけだ。煙が乾かし、酒が湿らせる。

それを交互にくり返した。酔いが訪れることはない。このような飲み方では、酔いは遅くなってから——明日の朝、たっぷりと味わうことになる。

誰なのか。

私を恨んでいる人間だ。

なぜ。

一枚の写真に答えのすべてがある。

チャンスは毎日あった。ぞくぞくと兵士が送りこまれ、激戦は、一見平和な熱帯の街のすぐそばでもくり広げられていた。

ジャングルで、田園地帯で、高原で、都市で、死はいくらでも生まれていた。

サイゴンには世界中から、一発を狙《ねら》うカメラマンが集まっていた。

ベトナムは、命をかけるなら、どのカメラマンにも平等のチャンスを与えた。電送された一枚の写真が、世界中の雑誌、新聞の一面を飾る。その一枚を撮《と》るチャンスが、毎日、誰《だれ》にでもあったのだ。

ケサン包囲、テト攻勢、ユエ攻防、タンソンニェット、ビエンホア、ハンバーガーヒル。

サーチアンドデストロイ、エアアタック、DMZ、一二五ミリ、一四〇ミリ、一二〇ミリロケット、八二ミリ迫撃砲、ナパーム、二一五キロ、一一二キロ爆弾、AK47、M16、ファントム、スカイホーク、ヒューイコブラ。

キャパは、「最後の面白い戦争だ」といった。混乱があり、人種が、思想が、食物が、風習が、風土がちがった。そこでの戦いは、戦う人間によって意味がちがった。まったく意味を知らず戦っている人間も多かった。

一九六八年から、私はベトナムにいた。その年が明けてまもなく、南ベトナム北部にあるケサン米海兵隊基地が北ベトナム軍に包囲され、アメリカ政府は、かつてフランスが壊滅的な打撃をこうむったディエンビエンフーの轍《てつ》を踏むまいと、第一騎兵師団の全兵力を突入させた。そして、かろうじて包囲網をといたのもつかの間、六月には放棄せざるをえなくなる。

同じく一月三十日から始まったテト（旧正月）には南ベトナム全土に戒厳令がしかれる。そして、古都ユエがベトコンに占領され、サイゴン内部にまで、ベトコンは侵入し、市街戦が展開された。

二月には、そのユエをめぐって、北ベトナム・ベトコン軍と米海兵隊の、文字通りの大死闘がくり広げられる。

当時、サイゴンに集まってきた、世界中の報道関係者の数は、千人近かった。プレスカードもとれず、記事の書き方も、カメラの扱いもろくに知らない、一発屋たちが街には溢《あふ》れていた。

多くはUPI、APなどの通信社と、専属、半専属の契約を結んでいたが、中には、ストリンガーと呼ばれ、十ドル、二十ドルで持ちこみの写真を捌《さば》く、フリーランスのカメラマンもいた。

彼らは皆、一様に、キャパを、ピュリツァー賞を、夢見ていた。一枚の写真に、決定的な瞬間を捉《とら》え、人生を一変させることを願っていたのだ。事実、チャンスをつかむ人間もいた。そして、チャンスとひきかえに、命を失いかねないような激戦地へ、こぞって赴いた。

私もそのひとりだった。三台のニコンが私のすべてだった。一台にはカラーのフィルムを詰め、二台にはモノクロを、そして片方に広角レンズ、片方に望遠レンズを装着し、飛び、走り、伏せ、転がり、土と埃《ほこり》と汗と垢《あか》と血にまみれた。泥水に、雨につかり、火薬を、ナパームのガソリンを、死臭を、嗅《か》いだ。

それは犬の行為だった。戦いと死の匂《にお》いを嗅ぎつけると、カメラだけを手に駆けつけ、シャッターを押した。初めは、音を聞いただけで脚が震えたロケット砲にも慣れ、掘ったタコツボの中で体を縮めて眠る術も覚えた。

屈強な米海兵隊員《マリーン》の背後に隠れ、同じように匍匐《ほふく》前進する兵士が被弾して倒れゆく様を撮った。

兵士たちは、狂っているといった。

何もかもが狂っているよ。このジャングルも、熱い太陽も、湿った空気も、戦争も、闘っている俺《おれ》たちも、ベトコンも、そしてそれを撮っているあんたらもだ。

恐怖はあった。麻痺《まひ》はしかけていたが、確かにあった。死は、戦場では日常であり、戦闘の目的は死に他ならなかった。

政治上の究極的な目的ならば、他にあったろう。しかしそれは、ホワイトハウスやクレムリンに詰めた政治記者に任せておけばよかった。

新聞のページを飾るとき、演台のマイクに向かう、見飽きた大統領の写真と、名もない兵士の断末魔の表情のどちらが目を惹《ひ》きつけるか、考えるまでもないことだった。

だから私は追った。私は、戦争という、最も残酷なドラマにのめりこんだ観客だった。舞台の上でくりひろげられる光景が、どれほど過酷で、冷徹で、悲惨なものであろうと、いや、そうであればあるほど、私の血は滾《たぎ》った。千人近い報道陣が他にいようと、私のカメラを通して、ドラマを見る二次観客は、世界中にいたのだ。

自分の死を考えなかったわけではない。だが、カメラマンは、自分以外の誰かの死でなければ報道できない。自分以外であれば、兵士であろうが、民間人であろうが、男であろうが女であろうが、子供であろうが、母親であろうが、老婆であろうが、被写体たりえたのだ。

たった今まで言葉を交していた相手が、銃声や炸裂音《さくれつおん》とともに、声も光も失い、物体と化す様を、私はいやというほど目撃した。叫ぶ者、泣く者、耐える者、それがどんなに酸鼻な光景であろうと、カメラのファインダーを通した瞬間、私の感覚は麻痺《まひ》した。恐怖もそれは同じだった。

ファインダーの中の世界は静かで、凝固し、匂《にお》いも痛みもない。それが具現化するのは印画紙に焼きつけられてからなのだ。

カメラマン夏木修として、私は六八、六九年と走り続けた。私の写真は、電送され、多くの新聞、雑誌を飾った。フィルムを、あるいはネガを、通信社の人間に渡すとき、そのどれが、どんな形で掲載されるかを知るのは、まったく不可能だった。

それでも、送られてくる、英字、邦字の新聞の中に、たまさか自分の写真を見出すと、胸が躍った。次は、もっと凄《すご》い、迫力のある写真を撮る、そう決意した。

名前を変えていたのに理由はない。強《し》いていえば、父親との軋轢《あつれき》だろう。大学の卒業を待たずに私は、ベトナムへ向かったのだ。

単位は修得ずみで、卒業証書は実家へと送られた。その証書は、美大へ進むことを最後まで反対した父親への面《つら》あてだった。

大学最後の一年間をほぼすべてあてたバイトで買った二台のカメラが私のすべてだった。それが半年で三台に増えた。増えたときには、ＡＰと半専属の契約を結んでいた。チャンスを追い、チャンスに恵まれた結果だった。

私は自分が選んだ道が正しかったことを確信していた。戦争と、そこで流されるおびただしい血、失われる命に対しては、解答のない疑問を持ちつづけてはいた。が、それにカメラを向けることに対しては、何の抵抗もなかったといえるだろう。

そして、それが崩れた。

一九七〇年三月、カンボジアでクーデターが勃発《ぼっぱつ》した。国家元首、シアヌークが訪ソ中に、軍部、ロン・ノル政権が誕生したのだ。

そして、そのロン・ノル政権は、アメリカ側の後押しによって生まれたものだった。

戦争において、最も重要な要素、それは兵站《へいたん》、補給路である。北ベトナム・ベトコン軍の重要な補給線、ホー・チ・ミン・ルートはカンボジア領内を走っていた。中立政策を掲げるシアヌーク政権がある限り、米軍は、カンボジア領内のホー・チ・ミン・ルートを攻撃できなかったのだ。

歯噛《はが》みする思いで耐えてきた米軍にとっては、ロン・ノル政権の出現は、まさにホー・チ・ミン・ルートを叩《たた》き潰《つぶ》すためのものに他ならなかった。

同時に、これまでは駐留はしながらも、戦闘は行わなかった北ベトナム・ベトコン軍が、カンボジア領内への侵攻を開始した。これに呼応したのが、反政府軍、クメール・ルージュである。

泥沼のような戦火は、インドシナ半島全域をおおうことになったのだ。

ベトナム戦争は、ある意味で、強者同士の戦いであった。訓練を受けた精鋭、北ベトナム正規軍・ベトコン対、南ベトナム政府軍・米軍の戦いである。戦況報告《ブリーフィング》、占領地域に関する情報は、どれもが、信頼のおけるものであった。

　だが、カンボジアにおける戦争はまったく別のものだった。情報には一切の信用がおけず、政府軍が制圧している筈《はず》の地域で、ベトコン、クメール・ルージュの待ち伏せ攻撃《アンブッシュ》を受けることはざらにおきた。また、捕虜の扱いもまったくちがった。カンボジア人とベトナム人の間には、根深い対立があり、ベトコンという容疑でカンボジア政府軍につかまった、あるいは逆に南ベトナム政府軍としてクメール・ルージュにつかまったベトナム人は、多くが虐殺される運命にあった。

　捕虜交換やプレスカードを持つ者の保護が行われる、近代的な戦争ではなくなってしまったのだ。
従って、カンボジア領内での戦闘、取材活動はともに、危険を極めた。ジャングルで、田園で、突然の攻撃を受け、全滅する部隊が跡を絶たなかった。

　クーデターからひと月半の後、四月末、米・南ベトナム政府軍は、カンボジア、スバイ・リエン州「おうむのくちばし」地帯へ侵攻作戦を開始した。カンボジア領内での戦闘は激戦、苦戦を、より強いられるものとなった。当然の結果として、プノンペンは、第二のサイゴンとなり、報道関係者が、ぞくぞくと集まった。

　私と平松圭司が再会したのは、ＵＰＩプノンペン支局のある、ホテル・ロワイヤルのレストランだった。

　プノンペンにやって来た報道陣のほとんどがベトナム報道のベテランばかりだった中

で、平松だけはちがっていた。

「夏木さん……でしたよね」

頭上からふってきた声に、私はフォークを置いてふり仰いだ。よごれたシャツにネクタイを結び、折り目を失ったようなコーデュロイのジャケットを着た男が立っていた。かたわらには、迷惑そうな表情を浮かべたウエイターがつき添っている。ロワイヤルは、戦時下といえども、格式にうるさいホテルだった。だが、男は、精いっぱいのお洒落《しゃれ》をしていた。それは、決して彼が貧しいというわけではなく、そういった自分を装う行為に関心がないからだ、ということが私にはわかった。

ウエイターが、困ったように、私と男の顔を見比べた。訛《なまり》の強いフランス語で、しきりに何かいうのだが、男は聞き入れようとしなかった。

私は彼をしばらく見つめ、思い出した。前年、南部デルタの戦闘を取材したときに会った男だ。短大生の恋人が、東京にいるといった。確か、あのときは、ベトナムに来て三か月目だともいっていた。

「ああ。その節は」

「すわってもいいですか？」

ひとりで食事をすることに慣れ、またそれが嫌いではなかった。だが、私は肩をすくめた。

「どうぞ」

「ついでといってはなんだけれどわがままをいわせてもらっていいですか？」

私は頷《うなず》いた。

「あなたと同じ物を注文してもらえますか。ひどく腹がすいてて」

男は、勝手のちがうカンボジアでとまどっているように見えた。

「平松さんだったね」

男は口元をほころばせた。半年前に会ったときより、日に焼け、ひとまわり痩《や》せたようだった。痩せた、というよりは、ひきしまったと表現すべきだろうが。

困惑した表情で立っているウエイターに、私は片言のフランス語でオーダーを告げ、チップを与えた。

「悪いですね」

平松はすわると、白い歯を見せて笑った。不思議なことだが、誰でもインドシナに来てしばらくたつと、歯が白く輝くようになる。食物のせいなのか、顔が焼けたために対比としてそう見えるのかは、わからない。

「いつこちらへ？」

「きのうの夜です。ひでえ飛行機でね、参りましたよ。ここには確か、ＵＰＩの支局があると聞いて、コネをつけようと思って来たんです」

「まだ、ストリンガーを？」

「自由が一番。知ってますか、俺《おれ》の写真、去年の暮れ、朝日の一面に出たんだ。ハンバーガーヒルの戦闘」

「あれがそうですか、見たよ」

私はいった。APのサイゴン支局で見た記憶があった。私の写真を高く評価してくれている、支局次長の、ロイ・オークマンが指さしていったのだ。

「クレイジーだ。ナツキ、お前はこんな真似《まね》をしていないだろうな」

写真は、塹壕《ざんごう》から突撃する兵士を正面から捉《とら》えたものだった。中には、被弾して膝《ひざ》を折る者も含まれている。その写真を撮った人間が、どんな姿勢でカメラをかまえていたかを考えれば、ロイの言葉も納得がいくものだった。

敵軍に背を向け、自軍の正面から写している。戦争映画の撮影ならともかく、実際の戦闘では、最も危険な行為である。背後からとんでくる弾丸のみならず、自軍の弾丸すら受けかねない。しかも、それをさけようとする自軍の兵士を危険に陥れる可能性すらはらんでいる。

「度胸がつきました。こうなれば、もう少しストリンガーをやって、名前を売り、一番条件の良いところと契約しようと思って」

私は無言で食事をつづけた。彼を坐《すわ》らせたことを後悔し始めていた。

「もう、びびりません。あなたがいった通り死が俺たちの商売なんだ。GIどもの決まり文句じゃないが、たとえ、われ死の谷を歩むとも、災いは恐れずってやつですよ」

「恋人は元気かい」

「ええ。朝日に、俺の写真が載ったって喜んでくれた。今年中には一度帰って、婚約してくるつもりです」

私は微笑した。一度、平和な土地に戻れば、麻痺《まひ》していた恐怖感がよみがえる。危険を嗅《か》ぎわける勘も鈍くなる。それが恐《こわ》くて、帰らない記者もいる。また、帰ったきり戻ってこなかったカメラマンもいた。

平松は運ばれてきた料理をがつがつと平らげた。丸一日、ろくな物を食べていなかったかのようだった。

食べ終えると、私の煙草を一本抜き、うまそうに吸った。確かに、平和な東京から来てまもなくの頃に比べれば、たくましくなったようだ。ただ、自分のツキを過信することは、ひどく危険である。

戦場で、ツキを過信するあまり、命を落とした兵士を、私は数多く見てきた。彼らは勇猛で恐れを知らず、弾丸の方が自分をよけていくのだ、とうそぶいていた。

戦争カメラマンもまた同様である。使い古されたジョークだが、弾丸には目がない、敵か味方か、兵士か民間人かを見分けてはくれないのだ。

「えらくいいホテルだ。あなたもここに泊まっているのですか？」

煙草を吸い終えると、平松は余裕をとり戻したようだった。あたりを見回し、私に訊《たず》ねた。

私は首を振った。

「いや。同じ市内だが、別のホテルだ。ここほど上等ではないが、その分安い。ここはUPIの連中がほとんどだ」

ベトナムでは野戦服で身を包み、ほとんど兵士と変わらぬいでたちだった記者やカメラマンが、カンボジアでは平服姿で取材を行っている。

「そいつはよかった」

平松は真っ白な歯を見せた。以前は幾分、神経質そうに見えた面立ちが変化している。変わっていないのは、肩まで届く長髪だった。

「そこを俺《おれ》にも紹介してくれませんか。これからはカンボジアだ。じっくり腰を落ちつけてものすごいのを撮ってやりたい」

私はいった。

「それは構わない。金さえ払えば、ホテルは幾らでも客を泊めてくれる。だが、君の取材の面倒まではみられない」

平松は目を丸くした。

「おやおや。そんなことは頼みませんよ。それどころか、俺は、あなたがとても手に入れられないような、ごついコネをつかんでいるんだ。見てて下さい。みんなぶっとぶようなすごい写真を撮ってみせるから」

「それならばオーケイだ、行こう」

私は立ち上がった。人目を気にしたわけではなかったが、ロワイヤルのレストランではこれ以上、彼といたくなかった。

勘定を払うとき、彼がズボンから取り出したドル紙幣を見て、驚きを覚えた。確かに部屋代の心配はせずにすむだけは持っているようだった。

彼がその金を手に入れた方法についても見当がついた。平松の撮り方は、確かにクレイジーだが、ものにすれば、売れることはまちがいない。

また、彼がコネを握っていると信じていることに対しても疑いはなかった。劇的な写真を撮るためには、常に戦況を把握《はあく》し、戦闘の現場へと、身を置かなければならない。そのためには、後方司令部の士官よりも、最前線の兵士たちと気脈を通じておくのが一番なのだ。

金や酒を渡すことで、出撃情報を教えてくれる兵士はいくらでもいた。その情報が、あるいはカメラマンではなく、敵側に流れる可能性があることも、彼らは知った上だった。

私自身も、ベトナムでは何度かそういう経験があった。ぬきんでるに必要な手段だったのだ。

そして、私がそんな平松に対し、わずかでも羨望《せんぼう》の気持を抱かなかったといえば、嘘《うそ》になる。結局、私も彼も同じ獲物を追っているのだ。獲物に近づくためなら、どんなことでもした。ハンターは近づくだけ近づいて、引き金《トリガー》を絞る。一頭の獲物は、ひとりのトロフィーにしかならない。

写真も同じだった。ちがうのは、指にかかるのが、トリガーではなく、シャッターだというだけだ。

5　平松

政府、軍部の戦況報告《ブリーフィング》があてにならない以上、カンボジアでの取材は、すべて自分の目と足に頼らざるをえなかった。

平松と会ってからの数日間、私はAPの記者と共にチャーターした車で取材に出かけた。それとて、どこまでが政府軍の領域で、どこからがクメール・ルージュの前線基地の範囲内なのか、見当もつかぬものだった。

その間、平松は、私の紹介した、ホテルの部屋にとじこもっているようだった。動き出す気配がない。

待っているのだろうか。待っているとすれば、何なのか。

私には気がかりだった。

前哨《ぜんしょう》基地周辺の取材ですら、ベトナムとは桁《けた》ちがいの危険を孕《はら》んでいた。だが、戦闘が常に行われているというわけではない。なぜなら、兵士たちと行動を共にした取材ではないからだ。それだけにクメール・ルージュ側と遭遇すれば、無事戻ることはかなわない。

五日目の晩、平松は突然、私の部屋に現われた。

少し酔っているようにも見えた。

「夏木さん。迷ったよ」

私の部屋の小さなベッドに腰をおろすと、彼はいった。あいかわらずのいでたちだった。ちがう点は、バンダナをヘアバンドのかわりに、額に巻いているところだけだ。

「けどな、あなたには世話になったからさ、一度は借りを返しておこうと思ってさ」

「何のことだ」

私は煙草をくわえ、袋を彼に抛《ほう》ってやった。平松はうつむいていたが、それをキャッチすると、歯を見せて笑った。

「いいか、秘密だぜ」

いって、煙草に火をつけた。大きく吸いこむと、煙を吐いた。

「明日の朝早く、連合軍が偵察《ていさつ》部隊を出す。これには、南ベトナム、カンボジアだけじゃなしに、米軍も加わってる。俺《おれ》は、その中の軍曹《ぐんそう》とコネをつけたんだ。奴《やつ》ら、今度は弾《たま》を撃たずに帰ってこられるとは思ってない。どこでアンブッシュにあうかわからないからな」

私は腕時計を見た。午後十一時を回ったところだ。

「嫌《いや》ならいいぜ」

平松はにやりと笑って、煙草をふかした。戦争にとりつかれたカメラマンである限り、これを断わる者はいない。

「どうすればいいんだ？」

私は低い声で訊《たず》ねた。

「朝、俺が迎えに来る。準備をして待っててくれ」

「わかった」

平松は小さく頷《うなず》いた。目からは陽気な光が消えていた。

「いっとくけど、かなりヤバいぜ。俺はあなたの面倒は見られない。そのつもりでいてくれよ」

笑わせるな、といいたいのを我慢して私はいった。

「大丈夫だ。万一のことがあっても、俺には君のように嘆く人はいない」

「そうだな、忘れてたよ。なに、ちょっといってみたかったのさ。ロワイヤルで、あんたにいわれたからな」

平松は笑って立ち上がった。ぶらぶらとドアまで歩いていく。ノブに手をかけていった。

「ぐっすり寝ておく方がいいぜ。明日はかなりきつい筈《はず》だ」

彼が部屋を出ていった後、私は閉まったドアを見つめていた。

不思議な男だった。

ただ、言葉づかいだけでなく、ロワイヤルで再会したときのとまどいは消え、獲物《えもの》を前にしたハンターのすわりのようなものが彼にはあった。そのような状況であっても、小さな借りを忘れずにいる律儀さと、撮影に際しての、狂気に近い行動力が共存するところが彼の魅力だった。

魅力と感じたのは、彼が確かに、戦争写真にとりつかれていると、私が知ったからだ。

そしてそれは、とりもなおさず、私と彼が似た者同士であることを意味していた。彼が嘘《うそ》をついているとは思えなかった。そのようなことをしても、何の得にもならない。彼の言葉がまちがっていたところで、私は時間を無駄《むだ》にするだけだ。怪しげな話であっても、のってみる他はない。危険に脅《おび》えていて、戦争写真は撮れないのだ。

「暑いな、まったく……」

平松がバンダナで汗をふいて呟《つぶや》いた。

夜明けと同時に、政府軍の前哨《ぜんしょう》基地を、ヘリで出発した偵察隊は、山間部に着陸した。そこからジャングルの中を、徒歩による行軍が始まっていた。

平松がコネをつけたのは、ラルフという黒人の軍曹で、初めに私を見たときは、約束がちがうから連れていけないといいはった。平松が友人だから、とようやく彼をなだめた。

「オーケイ」

渋々、黒人は同意した。

「だが、今回の偵察は大変、危険な地域を行くことになる。どこでアンブッシュにあうかわからないし、我々も君たちをカバーしきれないかもしれない」

「そいつは承知の上だ、なあナツキ」

平松がひどく崩れた英語で答えた。私も頷《うなず》いて、大丈夫、あんたに責任はとらせない、と告げた。

「それなら仕方がない。俺《おれ》たちのヘリに乗れ」

ラルフは首を傾けていったのだった。

私は久しぶりに、平服ではなく、迷彩色の戦闘服を着けて出てきていた。三台のニコンはいつでも写せる態勢が整っている。既に、出発の段階から、私は兵士やヘリコプターを写真におさめていたが、平松はちがっていた。

「そんなものを撮ってもしようがないぜ。ベトナムでは嫌というほどそんな写真を撮ったからな」

彼はライカを一台にニコンを二台持っていた。昨年会ったときには、ライカは持っていなかった筈《はず》だ。私がいうと、平松はヘリの中で笑って答えた。

「サイゴンの競売で買ったのさ。メコンデルタで取材中に死んだフランス人の記者のさ」

ジャングルの行軍では、切り開かれた一本道の先頭を、左右が広がった先行隊が行く。

その中央に残った部隊がつづくのだ。

私たちは、後続の先頭部を進んでいた。混成部隊だけあって、連絡は、それぞれ、英語、ベトナム語、カンボジア語によって通達される。指揮をとっていたのは、カンボジア政府軍の、若い大尉だった。

ジャングルは、ある部分は濃い緑がうっそうと茂っていたかと思うと、ある部分では焼け野原のような空き地が広がり、また枯れ木が白骨のように地に刺さってもいた。

偵察部隊は、前哨《ぜんしょう》基地との無線連絡を緊密にとりながら進んでいた。大がかりなアンブッシュを受けた場合は、ヘリによる救援を要請するためだ。

行軍はゆっくりと、慎重に行われた。T型のフォーメーションの接点に位置する、各隊の指揮官が、持参の資料と地図を詳細に検討するのだ。

ある地点を過ぎると、喫煙、私語の類《たぐい》が制限された。クメール・ルージュまたは、ベトコンの拠点に近い場所を移動しているのだった。

太陽が中天に位置し、乾期の終わりということもあって、ジャングルの中は蒸し風呂《ぶろ》のような暑さだった。濃密な液体の中を移動しているような重みが、全身にまとわりつく。

私のすぐ前を歩くラルフが、呪《のろ》いの言葉を呟《つぶや》いた。黒く太い首が汗で光り、戦闘服の背中までしみ通っている。

腰の弾薬嚢《だんやくのう》に、サインペンで文字が記されている。

「MERRILY WE GO TO HELL AND COME BACK——我ら喜びて地獄に行き、また還《かえ》らん」

私は上下する、そのグリーンの小箱を見つめながら進んでいた。汗のかき具合が、ラルフとたいしてちがうことは、なかったろう。

だがこの湿度が飽和点にまで達すると、汗すら出てこなくなる。

「畜生」

平松が立ちどまり、バンダナをしぼった。汗が滴り落ちる。見つめていた私に気づき、歯を見せた。

「東京の恋人から送ってきたんだ。お守りさ」

私は無言で頷《うなず》いた。

行軍はそれからも、しばらくつづいた。久しぶりの強行軍に、私の体は、汗という汗をすべてしぼり出してしまったようだった。それだけに、先頭の大尉が手ぶりで前進を制止し、小休止を命じたときは、心底ほっとした。

命令を受けた歩哨《ほしょう》が見張りにつき、部隊員は地面に腰をおろした。喘《あえ》ぐ者、眠るように目を閉じる者、小声で言葉を交す者、それぞれだ。無線係は、早速、基地との交信を開始した。

小休止を取ったのは、灌木《かんぼく》が濃く生い茂った森の中央だった。目に痛いほどの緑が、鼻にも強く、その存在を訴えかけてくる。

「まだ何も起きないな。このまま起きないんじゃないだろうな」

平松がいった。鳥の鳴き声が鋭く頭上をかすめた。見上げると、厚い灰色の雲がゆっくりと太陽にさしかかっていた。

陽が翳《かげ》った。

平松が唾《つば》をのみ、鼻から太い息を吐く音が、妙に大きく聞こえた。

タンタンタンという乾いた音が響いた。一瞬、間をおき、静寂が、混乱と恐怖に変わった。銃声が交錯し、灌木《かんぼく》が風にあおられたように枝葉をとばした。叫びが、激しい銃声が、私の耳元で爆発した。

「来たっ」

平松が体を投げ出して叫んだ。重機関銃が吠《ほ》え、吹き倒されるように兵士たちの体が飛んだ。

私も地に這《は》っていた。鼻先で枯れ葉が躍る。M16ライフルから吐き出される薬莢《やっきょう》がその上で跳ねた。地面が揺れた。砲弾が背後で爆発し、土くれが、石が、小枝が、私たちの背にふりかかった。

「ゴーバック！」

ラルフが恐ろしい形相《ぎょうそう》で叫び、M16を掃射した。三方を囲まれ、待ち伏せ攻撃を受けたのだ。

「………」

早口のカンボジア語で送受器に語りかけていた無線兵が声を失った。ゆっくりと前にのめる。喉《のど》に開《あ》いた射出孔から噴出する血が、無線機を真っ赤に染めた。

「走れっ」

誰かが叫び、私は腰を浮かした。目前を、ライフルを腰だめにした白人の兵士が駆けぬけた。数メートルはなれた、灌木の茂みに身を投げて、ひきつった表情で振りかえり、何かをいいかけた。

茂みが爆発した。肉片が飛び、濡《ぬ》れた音をたてて、私たちにふりかかった。

あとは本能だった。広角レンズを装着したニコンをすくいあげ、視野《ファインダー》に浮かぶすべてにシャッターを切った。焦点深度を浅くし、シャッタースピードは1／250になっている。たいていのものは、ぼけずにおさまる筈《はず》だ。

ラルフが手榴弾《てりゅうだん》を発射した。ジャングルの奥で爆発し、甲高《かんだか》い悲鳴が上がった。双方にレンズを向け、シャッターを切った。

「行くぜっ」

平松が耳元でいった。前方にいた兵士たちは、ほとんど倒れるか、私たちの背後まで撤退していた。

「ゴーバック!! ユークレイジー!」

ラルフが絶叫して、目を瞠《みは》った。私の指がシャッターを押す。喉《のど》の奥まで見せた彼の顔が、ファインダーで凝固した。

平松が走った。私が追った。背後からM16の銃声がついてくる。ラルフが後方を掃射しながら追ってくるのだ。

走りながら、立ち止まることなくシャッターを切った。間断ない銃声がつづいていた。平松は、私の十メートルほど前方を走っていた。彼もライカを構え、シャッターを押しつづけている。左右で砲弾が爆発し、私は地面に転がった。ラルフがすぐわきで一回転すると立ち上がり、中腰で発射した。目が吊《つ》り上がっている。マガジンが空になると流れるように左手が動き、入れ換える。

平松を捜した。後方ではなく、横の方角へ移動していた。顔の中央にはめこんだようなレンズが動いている。彼の被写体がラルフであることは確かだった。ラルフの構える銃口の、ほんの数度ずれたところからこちらに向けてカメラを構えている。

「ゴーバック！　ヒ・ラ・マ・ツ」

ラルフが怒鳴った。

平松のかたわらを、三人のカンボジア軍兵士が走りぬけた。銃声が追い、中央のひとりがつまずいたように顔から茂みにつっこんだ。ミシンでうがったような穴がその背に空いていた。

「平松、こっちへこい」

平松の十数メートル後方から、黒服の戦闘員が湧《わ》き出した。ＡＫ47がその手には握られている。ラルフが撃った。

私はカメラを持ち上げた。こちらへ向かって走ってくる、左端の戦闘員が両手を高く上げて、灌木《かんぼく》に倒れかかった。

ファインダーの中でその兵士が凝固した。レンズをふった。平松がとびこんできた。まだこちらにカメラを向けている。私は声にならない叫びを上げた。彼の真後ろにクメール・ルージュの兵士が進んでいた。

平松がカメラをおろし、走り出そうとするように振り返った。彼と兵士の間は五メートルと離れていなかった。

平松の手が再びカメラをまさぐった。

叫ぼうとした。声が出なかった。真正面にあるように見える、兵士のAK47が淡い煙を吐いた。シャッターを押した。

もう一度叫ぼうとした。シャッターを押した。平松の目が瞠《みひら》かれ、つづいて、泣きそうな表情になった。茶のTシャツに穴が穿《うが》たれていた。背が丸まり、衝撃を吸収した。シャッターを押した。平松の爪先《つまさき》が地面を離れた。兵士の全身が見えた。銃口は完全に、ファインダーの中央にあった。シャッターを押した。兵士の体が躍った。祈りをささげるように、AK47を持った手が、胸の前で畳まれた。茶色く小さい顔が老婆のようだった。シャッターを押した。

銃声が耳をつんざいた。

「平松っ」

初めて声が出た。誰かが肩をつかんで私をひきずった。ラルフだった。すさまじい力だった。私はカメラを握ったまま、地面をひき回された。もがき、踵《かかと》で蹴《け》った。

倒れこんだ。ラルフが私を救った。私がいた場所に銃弾がつき刺さった。再びラルフが撃った。反対側からも、特攻的なクメール・ルージュの兵士数人が近づいてきていた。そのうちのひとりとラルフが同時に倒れた。ラルフがもがいた。手からM16が離れ、私の脛《すね》の上に落ちた。赤ん坊のような泣き声をラルフがたてた。

黒人の右手がつかむように胃のあたりにあてられていた。指が血の中にめりこみそうだった。考える暇《いとま》はなかった。M16をつかみ上げ、撃った。左下から右上へひかれるような、固い反動があった。クメール・ルージュのふたりが崩れた。AK47が空に向けて、弾丸を吐き出した。

爆発音がおこり、ジャングルの奥で赤黒い炎がふくれあがった。

喚声があがった。乾いた音をたてて、ロケット弾を発射したヘリが上空をよぎった。救援が訪れたのだった。

私は平松の遺体とともに、プノンペンへ帰った。遺体は荼毘《だび》に付され、骨はとりあえずAPの支局に置かれた。

私の頭は空白になっていた。すべてがファインダーとフィルムの中にあった。印画紙は、はっきりと撃たれた瞬間の平松の表情を記録した。記事は私が書き、送った。

恋人の名も、住所も知らなかった。

平松圭司、その名だけだ。

私は支局次長のロイ・オークマンと衝突した。ロイは、平松の最期の瞬間の写真を送りたいといった。私は拒否した。だが、私たちの間には契約があり、写真の選択権はAPにあった。

電送された写真が、ニューヨーク、ワシントン、東京で新聞の一面を埋めた。喜びはなかった。

私はAPの支局で、平松の身寄りからの連絡を待った。せめて私の手で、彼の骨を遺族に渡してやりたいと思った。

だが連絡はなかなか来なかった。私の心にはせめぎあうものがあった。私はそのうちに、平松の遺族に会うことに対して、恐怖に近い感情を持ち始めた。

理由はあった。

私の写真をのせた日本の新聞の特派員と会ったとき、彼がいったのだ。

「わかっちゃいないんですよ。日本では、この写真を撮ったカメラマンは、もうひとりの仲間を見殺しにした、なんていってるのがいるそうですから」

平松の遺族が、もしそう考えたとしたら。私は思った。彼らに、あのときの状況を冷静に説明できる自信はなかった。

ひょっとしたら、私は確かに、平松を見殺しにしたのかもしれなかった。一瞬の出来事であり、カメラしか持たぬ私に、何ができたのか、と考えるのは正の考え方である。負の考え方では、平松があの行動をとる前に警告し、撤退路へ連れ戻すことができたのだ、というのがある。それは可能だったかもしれない。ただし、殴りつけてでもそうしたとして、平松は猛烈に怒ったろう。彼の最大の目的を阻むことになるからだ。

二週間が過ぎ、ようやく親類の者から、日本の新聞社を通じて連絡があった。取りに来ることはできないので、遺骨を送ってもらいたい、ということだった。親類は、東京ではなく、四国の人間だった。

ひきとりに来た、その新聞社の記者に、私は遺骨とバンダナ、二台のニコンを渡した。死の直前に、平松が使っていたライカは、持主と同様の運命を辿《たど》っていた。

二週間、APの支局で眺めて暮らしていた、平松の遺骨がなくなると、私の中の憑《つ》きものが落ちた。

私は休暇をとり、タイへ向かった。タイはあまりに、ベトナムに近すぎた。そこでシンガポールに移った。タイで二日、シンガポールで十日暮らし、私がもう戦場に戻る気持を失っていることをはっきりと知った。

それから香港《ホンコン》に行き、APの支局に寄ると、カメラマンを辞《や》める旨を香港支局から伝えてもらった。

機材は、そのうち取りに寄る、と私はいった。いつかは写真集を出すつもりでためてきたネガにも興味がなかった。放っておいても、APが一部を保管し、残りは破棄する筈《はず》だ。

香港でふた月を過した。きりつめれば、そのぐらいは暮らしていくだけの金はあった。憑きものが落ち、カメラを捨てて、何をしようという心当たりはなかった。何もしたくなかった。自分と、自分がしてきたことを忘れたいだけだった。

私は何もせず、日々を過した。同じアジア人が住む街として、東京ほど自分に近すぎず、ベトナムやタイほど戦争の匂《にお》いがない香港は、私にとって一番居心地の良い場所だった。香港の繁栄は、戦争ブームで沸く、サイゴンやプノンペンのそれとは、まったく別だった。

すぐに東京に帰ったとしても、平常な生活を送ることができるという自信が、私にはなかった。そのためのインターバルを持ちたかったのだ。

ふた月して戻った東京は、私にとっては見知らぬ街も同様だった。厭戦《えんせん》思想が人々の心で強まり、アメリカは、かつての人気を完全に失っていた。アメリカそのものが、自国民の人気をなくしていたのだ。

私は父親と連絡を取った。学生時代の意地もどこかに消えていた。

「生きていたのか」

父親は、そういっただけだった。実家に戻り、何をするということもなく、しばらくを過した。そうしているうちに、大学時代の仲間に頼まれ、アルバイトとしてI・Dの事務所に勤め始めた。やがて、自分が、その分野でも少しは、人に抜きん出ることができるかもしれない、と考え始めた。

それからは、I・Dの仕事が面白くなった。


目覚めたとき頭が重く、喉《のど》の奥にはウイスキーの香りが強く残っていた。

ベッドサイドには、氷が溶けた、何杯目かの水割りが入ったグラスがあった。下の部屋から階段を昇ったという記憶はない。が、こうして横たわっている以上は、そうしたわけだ。

起き上がると浴室に行き、シャワーを浴びた。濡《ぬ》れた体でキッチンの椅子《いす》に腰をおろし、何をすべきかを考えた。

仕事は論外だった。私は時計を見た。午前九時を回ったところだ。

執拗《しつよう》な嫌がらせに対し、ずっと受け身でいる必要はない。対策を講じるべきだ。

警察に通報しよう、という気持は起きなかった。自分の過去を事細かに刑事に話す気はない。私の過去であって、他の誰のものでもないのだ。

久邇子はどうしているだろうか。電話をかけたくなったが、こらえることにした。

せめて昼過ぎまで待とう、と思った。彼女から電話をかけて欲しい。昨夜のショックは激しいものだったようだ。この数年で最良になる筈《はず》であった週末が、最悪に一変した。

改めて、妙なものだと思った。会わなければ、単なる直線であった人生のグラフが、会ったことにより、＋《プラス》にも－《マイナス》にも大きく振幅する曲線に変わった。

週末、久邇子とふたりで、焼けた仕事部屋と道具部屋を修復するつもりだった。彼女がそれを嫌がるとは思わなかった。

私の住居、私の歴史、私の考え方、それを彼女に理解してもらう良いチャンスだと思っていた。

今は強制できない。

冷蔵庫から、グレープフルーツジュースの缶を出した。食欲のない朝に備え、ビール五缶に対し、一缶の割合で冷やしてある。缶の中味をグラスに空け、口に含んだ。

考えが閃《ひらめ》いた。グラスを置き、電話機に手をのばした。

一〇四で、私が平松の遺骨を渡した、新聞社の番号を訊《たず》ねた。

番号を知ると、ダイヤルし、交換手に編集局へ回してくれるよう頼んだ。

「編集、どちらでしょうか」

「海外特派員などを管轄しているセクションに」

「お待ち下さ」

〝い〟を言わずに切りかわった。

「……はい、外報です」

「お仕事中、申しわけありません。実は私、ベトナム戦争当時に、ＡＰの報道カメラマンとして、あちらにいたものなんですが、その頃、お世話になったお宅の記者の方と連絡を取りたいのです」

「うちの誰ですか」

すぐに名前が出て来なかった。何といっただろうか。風貌《ふうぼう》は覚えている。

「た……垂水《たるみ》さんとおっしゃいました」

「垂水、ですか」

今現在も、彼が特派員、または外報部にいるとは思えなかった。

「お待ち下さい」

声には何の感情もなかった。私の知る、他の企業の人間とはまったくちがう。素っけないが確実である。気忙《きぜわ》しさすら感じさせる。

報道関係者独特の声である。

それが戻ってきた。

「垂水……何といいますか」

「知りません」

「……何、整理？　整理にいるの？」

向こうの誰かと話していた。

「わかりました、ちょっと待って下さい。そちらに回します。お名前は？」

「木島といいます」

口をついたのは、本名の方だった。

「はい。ちょっと待って下さい」

電話が再び切りかわった。出てきた人間に、垂水と話したいと告げた。

「垂水ですか。えーと、一時間ほど出てますね。一時間ぐらいしたら、もう一度御連絡願えますか」

「わかりました」

礼をいって電話を切った。

新聞社は、千代田区にあった。車を使って出かければ、ちょうど一時間をつぶせる。着がえるとガレージに出た。扉を開ける前に灯《あか》りをつけ、車の内部、周囲を仔細《しさい》に点検した。異常はない。

犯人があの悪戯《いたずら》書きを最後に、私に対する嫌がらせをやめるとは思えなかった。悪戯書きの文字は、はっきりと私に対しベトナム・カンボジアを思い出させた。それは、明らかな宣戦布告だ。自分がなぜ、私を狙《ねら》うかを、知らせるためのものだ。

仇討《かたきう》ち、犯人はそう考えているのだろうか。

サーブは快調にエンジンを始動した。住宅地を抜け、中原街道に出る。土曜ということもあり、上りはさほど混《こ》んでいない。いつ雨を降らせてもおかしくはない、濃い雲が空をおおっている。

平松の恋人だろうか。肉親なのか。

だが遺骨を受けとったのは、親や兄弟ではなかった。親は、あの時点で、死去し、いなかったのではないか。

遺骨を親類の者に渡した垂水ならば、平松の家族や恋人について知っているかもしれない。

私が見殺しにした――信じているのだろうか。事実、見殺しにした。被写体として捉《とら》えることによって。

それを恨んでいるのか。しかし、なぜ今になってつけ狙うのだ。東京に戻ってからの十四年のあいだ、いくらでも私の居場所を知り、襲撃することはできた筈《はず》だ。

何の連絡もなかった。恨み言ひとついってきたわけではない。放火し、電話をかけ、車に悪戯《いたずら》書きをした。

悪意は、はっきりと感じる。犯人の目的は何なのだろうか。私を苦しめ、最終的には死に追いやることか。

気づかなければ、最初の放火でそうなっていたかもしれない。考えると、今でも掌が汗ばむ。

川奈老人は犯人を〝セミプロ〟だと判定した。どのような人間なのだろう。

何かをいってくれればいい。呪《のろ》いでも、恨みの言葉でも、いってくれればいい。その方がどれほど安心できるだろうか。無言で、まず襲撃し、それから宣告する。私が不安に陥り、恐怖することを狙《ねら》っているのだ。

異常者なのか。突然、気が狂い、私を狙い始めた。その筈《はず》はない。異常者に、これほど周到な犯罪が犯せるとは思えない。

異常者ならば、周囲が気づき、ひきとめるだろう。異常者ではないから、その目的に気づかない。あたり前の暮らしをし、恋人か配偶者、家族を持ち、仕事をし、友人と時間を過しながら、じわじわと私を追いつめにかかっている。

恐ろしい人間だ。

見こした時間よりも十分早く、千代田区の新聞社に到着した。路上駐車をし、降りて歩いた。歩いているところを襲撃されることはないだろう。もしそうなれば、犯人が異常者であると、私は知る。

屈強なガードマンと二人の女性がいる、新聞社のロビーに入った。私の跡を尾行する人間はいなかった。

片方の女性に、整理部の垂水という人物に会いたいと申し出た。カンボジアで世話になった者だ、とい添えた。

名前は夏木、覚えていらっしゃらないかもしれない。

受付の中年女性は、私の話を正確に内線電話で伝えた。垂水は戻っているようだ。

ロビーの隅にある長椅子《ながいす》で待つようにいわれた。コーナーには、制服に制帽を着けたガードマンが立っている。

待つ間、我慢できなくなり、煙草に火をつけた。普段、私は朝食を摂《と》り終えるまで煙草は吸わない。味が悪いこともあるが、食欲をはなはだしく奪われるせいだ。

正面奥のエレベーターが開き、何人かの人間を吐き出した。記憶にある顔はない。だが十年以上たっている。わかるという確信はなかった。

誰も私の前では立ち止まらなかった。何脚か置かれた長椅子に、私以外の人間はすわっていない。

再びエレベーターが開いた。男がひとりおりた。まっすぐ私に向かって歩いてくる。記憶よりは背が高かった。想像していたよりも老《ふ》けていない。面立ちには、どこか見覚えがある。

「夏木さんですか」

男が訊《たず》ね、私は立ち上がった。

「垂水さんですか、お久し振りです」

「いえ」

男は否定し、ためらった。

「垂水は垂水ですが、夏木さんがお会いになったのは、私ではないんです」

私は男の顔を見た。色の白い、理知的な顔立ちをしている。くすんだグレイのスラックスに半袖《はんそで》のシャツ、レジメンタルのタイをしめていた。

「ここでは何ですから、お時間があれば、コーヒーか何かどうですか」

垂水がいった。

「それは構いません」

「じゃあ。社のコーヒーはまずいから、ちょっと表に出ましょう」

軽く頷《うなず》き、垂水は先に立って歩き出した。

ガラス扉をくぐり、社屋を回りこむように、裏に出る。新聞を運搬するトラックが並んだガレージの前を通り、ライトバンや自転車が駐《と》まる、裏通りに入った。

「珈琲《コーヒー》」と書かれた看板の立つ、小さな専門店があった。垂水はその木の扉を押した。

私たちは、固い木の椅子《いす》にかけて向かいあった。表の湿度が、ここでは寒さにかわる。

アイスコーヒーを注文し、垂水は煙草をくわえた。

「実は、夏木さんがお会いになったのは、兄なんです。私よりもむっつ上の……」

「お兄さん、ですか」

「若いと思ったでしょう」

微笑して、垂水は名刺を出した。「編集局　整理部　次長　垂水裕二」とある。私も名刺を渡した。

「名前がちがうのは、カメラマンの頃は、別名を使っていたからなんです」

垂水はつまんだ名刺を眺めた。

「今は通信社には勤められてないんですね」

「お兄さんにお会いした後、やめました」

「そうですか」

垂水は下を向いたまま頷《うなず》き、名刺をシャツの胸ポケットにしまった。

「で、お兄さんは今どちらに？」

「わからないのです。おそらく亡くなったと思います」

　私は垂水の顔を見つめた。翳《かげ》りはない。といって、さばさばしているという様子でもなかった。

「夏木さんとお会いした少しあとだと思います。取材中に、クメール・ルージュの兵士とぶつかって、連れ去られました。それきりです」

「いつ頃のことですか」

「七〇年の七月です」

　私の会った、約二か月あとだ。そういうと、垂水は頷《うなず》いた。

「そんなところでしょう。直前に一度、日本に戻っていたんですが……。私が会ったのは、その時が最後です」

「平松という、向こうで殉職したカメラマンの遺骨を持って帰られませんでしたか、そのとき」

「ええ。そんなようなことがありました」

「お兄さんは遺族に会われたんですか、平松の」

「さあ、なぜ……ですか？」

　訊《き》いたものかどうか、というように垂水は訊《たず》ねた。

「平松の死の瞬間を撮ったのが私でした。政府軍の偵察に同行し、待ち伏せにあったのです」

「そのときに、平松さんは」

「射殺されました」

わずかの間考え、垂水は頷いた。

「覚えてます。うちの一面にも大きく載った写真ですね」

「そうです。私の、撮ったものです」

「あれを。そうですか」

「平松の遺族に会いたいのですが、当時の記録とか、ないでしょうか」

「待って下さい」

運ばれてきたアイスコーヒーにストローを差し、垂水は考えた。

「当時、外報部長をやっていた、辻というのがいます。今は局次長ですがね」

「その方なら、覚えているでしょうか」

「訊《き》いてみましょう」

いって、立ち上がった。カウンターの横のピンク電話に十円硬貨を落とす。

「あ、局次長の辻さんを」

つながった相手に、私のことを話した。

「で、その亡くなったカメラマンの遺族の方を捜しておられるらしいんですが、辻さん、何か覚えていらっしゃいませんか？　今ですか？　裏の喫茶店です」

相手の言葉に耳を傾け、わかりました、といって、垂水は電話を切った。

「調べてみて、何かわかったら、電話をしてくるそうです」

「恐縮です」

垂水は首を振って笑った。

「いや、いきなりカンボジアで会ったという方が見えてるって、受付から聞いたときはびっくりしましたよ。あの頃は、まだ僕は入社したて、ぐらいでしてね。ばりばりやってる兄貴が羨《うらや》ましかったですよ」

「かえって、つらいことを――」

「いや。もう亡くなったとわりきってますから。平松さんや、うちの兄だけじゃなく、カンボジアには、ずいぶんいかれてるそうですね」

「テレビ、カメラマン、何人もいたようです」

「でも、面白い時代だったって聞きました。兄貴もずいぶんはりきってました」

「危険が多い分、ニュースも沢山ありましたから」

「失礼ですが、カメラマンをやめられたのも、その同僚の方の死が原因ですか」

「そんなようなものです」

私とたいして年はちがわないだろう。だが、現地に行った経験のない人間には、説明することはできない。

垂水も同じことを感じたようだ。

「記者はあるていど経験を積んだ年輩の者が多かったようですが、カメラマンは、ずいぶん若い人がいたそうですね」

「ええ。俗な言葉でいえば〝命知らず〟といおうか、無茶を無茶と知ってできなければ、良い写真は撮れませんでしたから」

肉親をなくしている彼にならば、その時代のことを話してもいいような気がした。

垂水は頷《うなず》いた。

「記者は、戦場に行かなくても記事は書ける。だが、カメラマンはそうはいかない。——兄がいってました。手紙にもいつだったか書いてたな」

そのとき、店の電話が鳴った。ボーイが取り、垂水を呼んだ。

「おっ、来ましたよ」

受話器を耳にあてた。

「ええ。平松圭司、そうです。わかりません？　仲立ちしただけ……。うーん、義姉《あね》ですか、どうかな。訊《き》いてみます」

その後、邪魔した詫《わ》びをいい、垂水は電話を切った。

「いやあ、うちは仲立ちをしただけだからわからないらしいんです。兄がやっぱり直接手渡したらしいんですね。ひょっとしたら、兄の嫁さんが、何か聞いてるんじゃないかっていうんですがね」

「今、どちらに」

「うちにいます。実家が商売やってましてね。米屋なんですが、手伝ってますよ。うちはまだ両親が健在なので」

「できれば……」

「僕が、今日帰ったら、訊いてみます。日記かなにか、ひょっとしたらあるかもしれないし。そうしたら、連絡しますよ」

「本当にありがとうございます」

「いいんです」

垂水は微笑した。目が、私の背の彼方《かなた》を見やった。

「兄に憧《あこが》れてましたから。一体、兄がどれほどやれる人間だったのか、いつも知りたいと思ってたんです。何しろ、同じ社に一年といませんでしたから」

再び、私を見た。

「兄に会われたというので、ぜひお話をしたいと思ったんです」

私は頭を下げた。垂水が伝票をつかんで立ち上がった。あわててそれを取ろうとすると、垂水はいった。

「もし何かわかったら、そのときは、一杯御馳走《ごちそう》でもして下さい。ここは、兄弟そろって勤めた新聞社の溜《たま》り場なんです。奢《おご》らせてもらいますよ。コーヒー一杯に大袈裟《おおげさ》だけど」

言葉を返すわけにはいかなかった。私は礼をいって、店を出た。

雨が降り始めていた。

垂水と小走りに駆け、新聞社の玄関で別れた。笑って手を振る、彼のシャツに点々と染《し》みができていた。

彼が整理ではなく、経済や社会、政治部の仕事をしたがっていることが、痛いほど私にはわかった。文字通り、最前線にいた兄を、今でも忘れず、追っているのだろう。

やがては、そうなるかもしれない。そうなるといい、と私は願った。

6　波頭

「ごめんなさい。今日は一日、部屋にいます」

久邇子がいった。空気の中に拡散していくような低い声だった。

「どこか体の具合でも？」

「いえ。ただ気分が勝《すぐ》れないだけで」

「よかったら夕食を一緒に、と思ったのだが」

彼女が溜息《ためいき》をついた。淡い息吹きが受話器にかかる気配があった。瞬間の沈黙に、私は脅えた。

「本当にすいません。御迷惑をおかけして」

「何をいう。迷惑をかけてるのは私の方だ。君を浅草にまで連れ出し、車をよごさせてしまった」

「いいんです、それは」

「無理強《むりじ》いはしない。しかし気分が勝れないときこそ、勝れそうな相手と会うべきじゃないのかな」

「でも、こんな状態で会っても、あなたを不快にさせるだけだわ」

「君は、私のことを考えて、デートを断わっているのか」

「いえ……そう」

小さく笑った。

「おかしいわね、わたし」

「ああ。おかしい。さっ、何時に迎えに行けばいい？」

「あの、仕事は？」

「休業日だ。脳には羽をやった。今ごろ渋谷周辺をはばたいている。今の私には本能しかない。食欲と性欲だ」

「そんな」

「本能がいっている。君といさえすれば満足だと」

笑った。心地よい、嬉《うれ》しげな笑い声だった。

「人形焼きはまだ残っているかい」

不意をついた。

「えっ、そういえば……。なくなったわ」

「あれを全部、ひとりで食べたのか」

「まさか。少しを食べて、残りは実家の母にあげたの。彼女、とても好きだから」

母親を彼女といった。嫌味でなく、知的に聞こえた。知的で、冷静で、しかも可愛《かわい》ら

いる。

る渇望が限界に達している筈《はず》だ」

しい。だか　た　今度は、期待の喜びを感じた。

「では、はっきりいってくれないの。意地悪な人ね」

「何を?!」

「もう忘れている。このあいだ、わたしがパンケーキを食べそこねた日の前の晩、いったこと」

「ずっとそばにいたい」

「待ってます。今から、ずっと」

サーブを走らせた。雨の日の運転は嫌いではない。特に冬がそうだ。骨までしみる冷たさを遮断し、暖かな車内にいられるのを、幸福に感じる。

じとじとした、梅雨の日も同じだ。ワイパーの内側から、歩道で傘《かさ》を手に歩く人々を眺める。彼らの感じている、体にまとわりつくような不快感は、こちらにはない。ひねくれた優越感だ。

久邇子と、どこに行こうかと考えた。不安はある。ふたりでいるところを、また襲われたときは、どうなるのか。しかしいつまでも身を潜めていることはできない。私には、私と彼女を幸せな気持にする権利がある。

自由ケ丘の彼女のアパートの前、定位置に着いた。軽くフォンを鳴らす。ウインドウを細めにおろして、煙草に火をつけた。メンソールが吸いたくなった。

久邇子がアパートの玄関から現われた。傘を持ってはいるが、さしてはいない。淡い緑のワンピースを着けている。私が助手席のロックを解くと、例の通り、素早く乗りこんできた。

ワンピースから、洗剤と糊《のり》の香りがした。雨の日でも、晴れた空を連想させる匂《にお》いだ。

久邇子はおずおずと私を見た。

「何もいわなくていい。降りたくなければ」

首を振った。

「降りたくない。ずっとこの車に乗っていたいわ」

「じゃあ、今夜はこの車を貸そう。ひとりでそこで眠るといい」

「もう、意地悪なんだから」

「私と一緒にいるかい」

素早い微笑を浮かべ、消した。真剣な表情で頷《うなず》いた。

「それなら行こう」

車を出した。

子が小さなバッグを開いた。中からカセットテープを取り出して、カーステレオに
ナラ・ボーンの暖かみのある声が流れ出した。

「こ
さなの」

映画の主題歌だった、といい添えた。

「私も見た。バート・レイノルズが刑事で、監視中の娼婦《しょうふ》に惚《ほ》れてしまう」

「何でも知っているのね」

「ひとり暮らしが長い。サラリーマンとちがって、住居にいる時間も多い。ひとりで外出し、酒場のように体を壊してしまうことなく、長時間を過せる場所は、劇場だ。映画、芝居。自分を刺激してくれる長所もある。酒場ではそうはいかない。アルコールは、言葉のキャッチボールをかわす相手がいて初めて、頭の働きを活発にしてくれるんだ」

「女は、そうはいかないわ。わたしは、よくひとりで映画を見に行くけど、最初はかなり抵抗があった。料理でも作りながら、部屋で本を読んでいる方がいい、と何度も思ったわ」

「自意識のなせるわざ、かな」

環状七号線に入った。目的地は決めていた。

「かもしれない。女がひとりで街をぶらつくのは、なにか物欲しげに見えるのではないか、と思ったの。実際、声をかけられることも多かったし」

私はルームミラーに目をやり、微笑した。

「男が街で声をかけるタイプは決まっている。駄目なのは、ブスか、非常な美人だ。あまりにも美しい女性には、気後れしてしまうものらしい。だから、声をかけられなれているのは、本当の美人ではない、とする説がある」

「安心して失望したわ」

「私がむしろ苦痛に感じたのは、君がいったような、部屋で料理を作ったりして時間を過すことだった。料理そのものは決して嫌いではない。ただ、毎日となると、それはやりきれない。自分が食べたいものを思いつく日はいい。思いつかない日は……」

「神経が鈍いのかもしれない。女はそういうところに。お米を研《と》いだり、野菜を刻んだりするのを、半ば自動的にやっているのね。男の人にとっては大事業でしょ」

「そこまで大袈裟《おおげさ》かどうか。ただ、意識せずにそれをやる、ということはない」

「決めた手順を変えるのは苦手だ、といったわ」

「そう。つまらないことだが、朝起きて、まず何をするか。手洗いに行く、歯を磨く、新聞を読む、朝食を摂《と》る——すべてに順番がある。事務所へ出かけなければ、丸一日、人と口をきかないこともある。それが二日、三日とつづく場合もあった。もし誰かと一緒に暮らすようになれば、そうはいかないだろう。相手の手順もある、妥協し、されることになる。考えると、億劫《おっくう》なことだ」

「結婚するまでは、わたしは考えたことがなかった。結婚して、あれこれ知ったし、考えたの。それが本当はいけなかったのね」

久邇子を見やった。素早い微笑を浮かべた。

「結婚したら考えてはいけない？」

「半分は、任せること。わたしひとりのリズムでも、相手ひとりのリズムでもなく、ふたりが合わさったときに生まれてくる、ふたりのリズムに任せることだわ」

「考えたら、任せられない？」

「わたしひとりのリズムになってしまうから」

「知恵熱が出そうな話だ」

「ごめんなさい」

「いや」

黙って運転をつづけた。雨が小降りになってきた。進行方向の空に、厚い雲の切れ間が見えた。はっとするほど青い。

首都高速、湾岸線に入った。

「どこへ行くの？」

ルームミラーに目をやった。すぐ後を進入してくる車はなかった。

「パンケーキのうまいところ」

「あなたが作るのではないの？」

「私が作る」

「安心した」

それ以上は訊《たず》ねなかった。横を見た。ぼんやりと、車の流れを見ていた。私のことを考えているのではない。何か、自分の心の底にあるものを、探ろうとしているようであった。

彼女の結婚が失敗に終わったことが、私という男との関係に、マイナスになると感じたことはなかった。別れた夫と私を、男という大きな括弧《かっこ》でまとめ、それで結論を出そうとするほど愚かな女性ではない、とわかっている。

ただし、彼女が心に負っているものは、それだけではない。失敗した結婚という領域では、私の存在が幅を広げることに抵抗がなくても、その先の、私の知らぬ領域ではどうなのか。

結婚の前に失った恋人、あるいは、離婚をしてから現在に到《いた》るまでの部分、知らないだけに、うかつには踏みこめない場所である。

このまま私たちがつづけば、薄紙をはがすように、知ることになるだろう。

もし、私たちが結婚したならば、そこは白紙のままで置いておいてもよい。私の興味の対象は、常に、私と久邇子のこれから、になる。

おそらく、私が相手の過去を知ろうとしないのは、聞けば自分も話さなければならない、という義務感を持っているからなのだろう。

それが恋愛に限らないということもわかっていた。関根と私がうまくいくのは、彼の過去を私が知らないからだ。彼に自分の過去を話した。彼は話していない。

知りたいとは思わない。ただ、私は彼に話し、彼は話していない、ということで、彼に対する安堵感《あんどかん》のようなものを抱いている。妙なものだが、負債を背負っているのは、彼であって私ではない、という気持なのだ。関根が私のそういう気持を知っているかどうかはわからないが。

湾岸線から京葉、そして千葉東金道路《とうがね》に抜ける。ときおり、久邇子と、とりとめない会話を交した。彼女の心の底に、ある錘《おもり》が沈んでいることは感じた。しかし、それを無理にひきあげ、理由を確かめよう、という気にはなれない。

知れば、知らさなければならない。私が彼女に惹《ひ》かれた要素の大きなものに、彼女の過去の空白地帯がある。

彼女の空白地帯の存在を、私が知りながらも、つぶさに埋めようとしないことを、彼女は知っている。知っていて話そうとはしない彼女に、私は安心していられるのだ。彼女がもし話したがる女性であれば、私の対応はかわっていたかもしれない。

東金道路の終点に到着した。房総半島のつけ根の中央より、やや東に当たる。国道一二八号線と合流し、南下した。

「このあたり、焼肉屋さんが多いのね」

久邇子がいった。確かに焼肉屋の看板が目につく。

「海が近い、魚が新鮮だからじゃないか」

「答えになっていないわ」

「安い魚は、自然に家庭料理の材料とされる。魚に飽きた家族連れが食べたがるものは？」

「考えすぎよ」

「いつも考えすぎる。悪い癖だ」

私を見た。何かを読みとろうとした。

「わたしは考えなくてすむわ、あなたといると」

「本当にそうなればいい」

微笑した。素早くはなかった。心の裡《うち》の何かが表にあらわれるのを防ぐためにした、そんな微笑だった。

「明日は晴れそうね」

「晴れる。私たちが来たから」

「明日もここにいるの？」

「パンケーキが私にとって何のために存在するか。朝食の材料だ」

「では私が夜食に食べたい、といったら？」

「深夜の食事は太る原因になるし、胃にも負担をかける。よほどの理由がなければさけるべきだ」

久邇子が口をへの字に曲げた。

「ただし、これから行くところでは、常にパンケーキはおいしい。従って、私もときおり戒律を破ることになる」

首をふって、久邇子は笑った。メンソールをとり出して火をつけた。私を見た。私が頷《うなず》いた。

煙草をくわえさせてくれた。信号で止まり、私はのびをした。右寄りの空では、灰色と青、それに赤が入り混じっている。

「何も準備して来なかったのに」

久邇子がいった。

「私はビールとパンケーキがあればいい」

「ひどい利己主義者ね」

「自己中心的なだけさ。もうしばらく行くと、大きなスーパーマーケットがある。いつもそこで買物をしているんだ」

「始終行くの？」

私は首を振った。

「最近は行っていない。五月の連休が最後だろう」

「いつも女を連れて？」

彼女を見た。自然な表情だった。

「いや。いつもとは限らない。連れて行ったこともあるが、そうではない場合の方が多かった」

「何をしているの、そこで」

「何もしない。すわって海を眺める。気が向くとゴルフに出かける。本はまず読まない。テレビは、見ていると、東京が気になるから見ない。そう、酒はよく飲む」

「あなたにとって、人生の楽しみ方は決まっているのね」

「とんでもない。これから覚えようと思っているんだ」

真面目《まじめ》な口調でいった。ある種の期待と、探ろうとするような色が混じった目が、私に向けられた。

「私は頑固《がんこ》だといわれている。つきあいにくいという人間もいる。妥協が得意ではないからだ、と自分では思っている。他の理由で、人からそう見られている、と思いたくないからだろう。ひとりでいることを苦痛に感じない、と前に君にいった。だが、苦痛のない状態と、自分で楽しい、と思う状態はちがう」

「言葉だけではわからないわ」

頷《うなず》いた。

「そうだ。だから、いろいろと試してみたい。そして楽しいと思ったことだけを、とっておきたいのだ」

久邇子が長い息をついた。私の口から短くなったメンソールをとり、吹かすと窓の外を眺めた。田園地帯を走っている。

「わたしでなければいけないのかしら」

「と、思う。思っている自分が正しいのかどうかも知りたい」

皮肉を感じさせる口調で訊《たず》ねた。

「試されるわけ?」

「君も試す」

「わたしは試さないわ」

激しい口調でいった。

「いいだろう。私は不安を感じる。本当に君は、自分に満足しているのか、と」

「そんな必要はありません。わたしがあなたに対し不安を感じることはあっても、あなたが感じることはないわ」

「なぜ？」

「それは、私に負い目があるから。あなたに対する」

離婚のことをいおうとしているのだろうか、と思った。もしそうならば無意味なことだ。そういおうかと思った。しかし、ちがう理由を彼女が抱いているとすれば、口にすることによって、彼女に選択を迫ることになる。

その理由をいうべきか、否か。そして、私が知ることになる。彼女が結果、教えなくても、何かがある、ということを。

ウインカーを出した。駐車場に入る。

「どうしたの？」

黙っていた久邇子が訊《たず》ねた。

「買物だ」

正面のスーパーを見て、久邇子が頷《うなず》いた。

いつもの店ではない。あと数キロで、もうひと回り大きな店がある。だが久邇子にはわからない。

車を降り、あたりを見た。尾行してくる車はなかった。私の目では。私は素人《しろうと》だ。相手は〃セミプロ〃なのだ。

川奈老人はそういった。

関根の別荘は、大原の海水浴場のすぐ近くにある。平屋《ひらや》の建物で、内部は、板張りの居間と、三室の部屋に分れている。簡素で、生活に最低限、必要なもの以外は何も置かれていない。

唯一《ゆいいつ》の例外が釣《つ》り竿《ざお》である。ひどく凝っていて、私にはわからない、タングステンやカーボン、竹を素材に使った竿が十数本ある。

あとはゴルフバッグがふたつ。ひとつが関根で、ひとつが私のものだ。関根は同じセットをふたつ持っていて、ひとつは車に積み、あとのひとつをここにおいている。私のはここにあるきりだ。

ここ以外ではゴルフをしようという気になれない。その魅力は認めるが、朝、一時間も二時間もを、交通の便に奪われてまで、やろうとは思わない。

別荘のキイは、車のホルダーに留めてある。中に入ると、明りをつけ、雨戸を開放した。久邇子にも手伝ってもらい、窓を開け放つと空気を入れ換えた。

二つの和室が面した窓から、防砂林が見える。その向こうが海である。そのあたりは海水浴場ではない。少し先に民宿や旅館の集中した一帯があり、ひどく賑《にぎ》やかになる。私は用のないときには、アイスボックスに缶ビールを詰めてでかける。防波堤にかけ、ビールを飲みながら海を見ている。ときには、関根がその隣で釣り糸を垂らす。悪口をいいながら、彼もビールを飲む。

そんなことを久邇子に話しながら、買ってきた食料品を冷蔵庫におさめた。

東京から二時間半ほどかかっている。外はまだわずかに明るく、夕焼けが海の上をおおっている。

冷蔵庫に、ほぼふた月分冷やされていたビールが残っていた。私はそれを手に、海辺へ歩いていった。久邇子は別荘に残った。夕食の準備をする、というのだ。

今夜は食べにいこう、と私はいった。だが彼女は首をふった。私の唇に短いキスをしていった。

「さあ行って。今夜はふたりきりでいたいの。だから」

防波堤にすわり、指が凍《こご》えそうなほど冷えた缶の、プルトップをひいた。前回ここにすわったときは、黄昏《たそがれ》はほんのわずかの間しか海を見せてくれようとしなかった。この季節はちがう。

白く泡《あわ》だつ波頭がくっきりと見える。既に太陽は消えているのに、光は、海と浜を満たしていた。

今日ほど、久邇子の心に沈んだ錘《おもり》の存在をはっきり感じたことはなかった。彼女は傷つき、何かに怯《おび》えている。それは済んでしまった過去ではなく、現在も進行している何かに対してのように、私には思えた。

だが、それを克服し、滅入《めい》った気持を奮いたたせようと努力しているのも確かだ。私の存在は、その双方に関《かか》わっている。私が彼女の心を沈ませ、また奮わせているのだ。原因は私そのものではない。私の存在なのだ。即《すなわ》ち、彼女が共に居たいと願う、異性である。

ビールは妙に重量感があった。潮風が結んだ露を流し、手をべとつかせる。

彼女が変化したのは、きのうの晩からである。私の家に放たれた火や、無言の電話ではそれほどの動揺を見せなかった彼女が、車に悪戯書《いたずらが》きをされたときから変わった。

自分の財産を侵されたことに対する怒りであろうか。私の家が燃えたとしても、肉体に被害が及ばない限り、彼女に損失はない。

悪戯書きが、ファミリアではなく私のサーブにされたものだとしたら、彼女は変化しなかったかもしれない。

その筈《はず》はない。私は首をふってビールを飲んだ。自分の身の危険に対し、あれほど冷静にふるまえる人間が、たとえどんな品であろうと、生命のないものに対し理性を失うことはない。

なぜだ。

缶ビールをざらざらとしたコンクリートの上におき、煙草に火をつけた。悪戯書きが自分の車を汚したことに動揺したのでないとすれば、考えられるのは、その内容である。言葉本来が持つ意味が彼女にショックを与えたのか。あの言葉自体は、決して呪《のろ》わしい文句ではない。

私が衝撃を受けたのは、言葉を書いた人間の意図が、言葉そのものによって露《あら》わになったからであった。彼女がそれを見て、私の過去に気づいた筈《はず》はない。

私は話さなかったのだ。

短くなった煙草を靴底に押しつけて消した。その下で海面が揺れていた。それがおぼろになっている。

水平線のあたりがぼやけてきた。ビールを飲み干し、脚をひき上げた。プルトップの穴に人さし指をひっかけ、ぶらぶらと歩き出した。

今は問いただすべきときではない。彼女の錘《おもり》を忘れさせないまでも、軽くしてやるためにここへ来たのだ。今夜だけは、過去でもなく、未来でもないものを見ていればよい。

靴底が乾いた砂ですべった。こちらは、あまり降らなかったようだ。ビーチサンダルはおいてあっただろうか。私は考えながら戻っていった。

海に面した網戸から強い光がさしこんでいた。私の肩の上に、久邇子のさらさらとした髪が広がっている。横にした首をうつむけて眠っている白い顔があった。大きめのT

シャツをパジャマがわりにつけている。化粧を落としても、その魅力的な顔立ちが失うものは何もない。年齢を考えれば、恵まれた容貌《ようぼう》を持っている。

昨夜は、ほとんど会話を交さなかった。食事を摂《と》り終えたあとは、居間のソファで身を寄せあい、ふたりで濃い水割りをすすっていた。彼女のメンソールの大半を、私が灰にした。

メンソールの迷信。私はゆっくりと首を巡らした。その下には何もつけていないTシャツの裾《すそ》がめくれ、ひらべったい腹部と、ベージュの三角形が浅い振幅をくり返していた。久邇子は、何度か短い叫びを上げた。最初の晩にはなかった反応だった。形のよい脚をのばし、筋肉に力をこめていた。両腕を顔の上で組み、強く握りしめ、口に押しあてていた。

過剰な仕草でもなく、抑制をしていた様子もない。深い満足を与え、得た。確信があった。

インターバル、再び酒を飲んだ。酔いが心地よく体を軽くし、幾度も唇をついばみあった。やがて彼女が唇を、私の胸にあてた。自然に唇をすべらした。私の全身に唇をあて、しまいに一か所で留まった。私は声を洩《も》らし、彼女を抱きよせた。軽い動作で彼女が腰を上げ、私を埋めた。軽く目を閉じ、潤いきった体を動かした。すぐに体が硬直し、私の胸に両手をつっぱった。叫びを上げた。

素晴らしい経験だった。私は目を閉じ、そのときの久邇子の表情を思いうかべた。サ

なときのような、しなやかな身のこなしが、そこにもあっ
を包んだのだ。

た開いた。久邇子が目を開け、私を見つめていた。

「おはよう」

返事のかわりに私の肩に歯をあてた。

「お友だちはいつ来るの？」

「昼近くだろう。このまま待つかい」

「こうして、からみあって？　たった今、それからすぐあとにも、という雰囲気《ふんいき》で？」

「そう」

私を噛《か》んだ。子供のように拳《こぶし》を握った手をのばした。

「駄目。お昼御飯の仕度をするわ」

「何を作るんだい？」

「海辺で食べられるもの」

するりと私の腕をぬけ、立ち上がった。バスルームに歩いていく後ろ姿を私は見送った。

関根から電話があったのが、昨夜の午後十一時頃だった。二人でいると答えると、嬉《うれ》しそうに、明日行く、といった。私は煙草を吸っている久邇子を見た。わずかに迷惑な

気持と、彼に見せる喜びが入り混じっていた。

久邇子は嫌がらなかった。その可能性も考えて関根の話をしたのだ。

「あなたのお友だちに会うの、初めてね」

新たな水割りを手渡してくれながら、そういった。

私は体を起こし、枕元《まくらもと》の腕時計を見た。午前十時を過ぎていた。関根はおそらく妻と来るだろう。

布団《ふとん》を片づけ、久邇子とバスルームを入れ替わった。

二人で簡単な朝食を用意して食べ、浜辺を歩いた。戻ってくると関根から電話があり、いつものスーパーにいるが、必要なものはないか、と訊《たず》ねてきた。メンソールを頼み、あとはいらないといった。

やがて彼らが到着し、私は久邇子を紹介した。関根の妻は久邇子を見つめ、私にいった。

「最高。木島さん、放しちゃ駄目よ。わかるわ、わたしには」

「おい」

関根が慌てていった。いいながらも、興味と賛同の色で久邇子を見つめていた。

関根の妻は、長い髪をうしろであっさりとたばねている。色が白く、豊満な肉体を持。不謹慎だが、彼女と、大柄な関根の夫婦生活を想像すると、肉弾あい討つと。身のこなしが垢《あか》ぬけしていて、男の心の機微を心得ている。

「お昼御飯、すみました？」

久遷子が訊ねると、関根が首を振った。

「こいつが早く早くってせきたてやがるから、朝飯も食べる暇なかった」

「だって、あなたのトイレが長すぎるのよ。この人ったら病気でもないのに、大きい方始めると十分は出て来ないのよ。中で新聞読んで鼻歌うたって、煙草まで吸って……」

「やめてくれ、おい」

久遷子が微笑した。

「お握りと、簡単なおかずがあります。おみえになったらすぐ、釣《つ》り竿《ざお》を持って海に出られるって聞いていましたから」

「そいつはありがたい」

関根がそわそわし始めた。

「これだからもう。本当にすいません」

釣りに使う餌《えさ》だけは、関根は用意してきていた。よくは知らないが、釣り好きの人間というものは、早朝や夕方を好むと聞いている。関根はちがう。朝早くから出かけるときもある。だが、それがかなわないときでも、釣り竿と海がそばにあれば、いつだろうと出ていくのだ。

関根の妻、加代子が久遷子を手伝って昼食を運ぶ準備を整えた。関根は私をつきあわせ、釣り竿の用意をする。

関根の車に乗り出かけた。御宿《おんじゅく》の方角に向かったところにある小さな山の中腹に、関根がよく釣る場所がある。崖《がけ》があり、下が岩場になっているのだ。下生えの草が短く、格好の釣り場なのだろうが、そこに至るまでが、ややきつい登り坂になっている。車で直接は乗り入れられない場所なのだ。

関根にせきたてられながら、私たちはそこを進んだ。目的地に着くと、関根は相好《そうごう》を崩してすわりこんだ。色のあせたコットンパンツに、長袖《ながそで》のポロシャツを着こんでいる。釣り糸を海面にたらした途端、嘘《うそ》のように穏やかな表情になった。

「もう、くたびれた。さあ、あんなのはうっちゃって、作っていただいた御飯を食べましょ」

加代子が、麦藁《むぎわら》帽子でビーチドレスの胸元をあおいでいった。久邇子が微笑《ほほえ》んで、アイスボックスから料理をとりだした。私がビールを二本取り、一本を関根に渡した。

「うん」

頷《うなず》いただけで、目は海面に向けている。ひと口飲み、まずい、と呟《つぶや》いた。ひどくうまそうに、そういった。

私は久邇子を見た。素早い微笑が返ってきた。その話をしておいたのだ。

ゆったりと、時間が流れた。

日が昏《く》れて、足元が見えなくなる少し前まで、私たちはそこにいた。私も竿《さお》を持ち、とりとめのない会話を交した。何尾かの鯵《あじ》と鶏魚《いさき》を釣り上げた。関根が喜んだ。釣り人の例に洩《も》れず、関根も縁起をかつぐ。今日の成果は、久邇子のおかげだといった。加代子や私との三人だけでは、こんなことはなかった。

ときには女同士、男同士に分れて会話が弾《はず》んだ。こんなときの加代子は話術が巧みで、相手のプライバシーに立ち入りすぎぬよう、盛り上げる。

私と関根はビールを飲みつづけた。

別荘に戻ったのは、午後七時を過ぎた頃だった。飯を炊き、釣った魚を加代子がさばいた。小さめの鯵をフライに、鶏魚を塩焼きにした。途中、懇意の寿司屋《すしや》で刺身を買いこんでいた。

食事がすむと、私たちは再び浜辺へ出た。加代子が、小さな花火セットを買ってきたのだ。子供のように丸くなり、線香花火で遊んだ。

久邇子はすっかり打ちとけ、楽しんでいるように見えた。加代子から借りた浴衣《ゆかた》を着こみ、絶えず微笑を浮かべていた。

残った花火で遊ぶ、久邇子と加代子が見おろせる砂浜の階段に、関根がかけた。私が隣にすわり、煙草をとり出した。

「やめたぜ」

関根がそれを見てにやりと笑った。呼応するように加代子の大きな笑い声が聞こえた。

久邇子も軽やかに笑っている。

「たいへんな意志だな」

「そうでもない。これからだろう、それが必要になるのは」

私がうまそうに吐き出す煙を横目で追って、関根はいった。

「会わせたぞ、約束通り」

私は二人の女性を見つめながらいった。

「ああ、見せてもらった。いい女だ」

「それだけか」

「男を知ってる。そう、女房にしても大丈夫だろう」

「そのために見せたわけじゃない」

「おかしなことは、もうなかったのか」

私はわずかだけ躊躇《ちゅうちょ》した。

「あんたの考えが当たっていた。私を狙《ねら》っている」

関根が私を見た。

「どうした？」

私は砂浜に吸《す》い殻《がら》をさした。

「彼女と二人で食事にいった。駐《と》めておいた間に、何者かが彼女の車に悪戯《いたずら》書きをした。ベトナムで兵士たちが、よく持物に書いていた文句だった。『我ら喜びて地獄に行き、また還《かえ》らん』英語でだ」

「話したのか、彼女に」

「いや」

「そうか」

関根は黙った。厚い掌で顎《あご》に触れた。ヒゲが濃い。

「彼女もひどいショックを受けたのだ。放火のときより激しかった。だからここへ連れてきたんだ。沈んでいた」

「なぜかは——あんたのことだ、訊《き》く筈《はず》はないな」

「訊いていない」

「まあ、あんたを狙《ねら》っているとわかったのは、めでたし、めでたしだな。あれほどの女はそうはいない。原因があんたにあるということは、彼女にとって悪い材料じゃない」

「彼女に迷惑がかからなければ、だ。私は、平松の遺族を調べようとしたのだ」

私を見つめた。

「で、どうだったのだ」

静かな声で関根が促した。

「まだわからない。私が平松の遺骨を渡した記者はカンボジアで行方不明になっている」

「遺族には渡ったのか」

「多分」

「向こうは、あんたのことを知ったわけだ」

「十年以上も前のことだ。何が起きたのかは、さっぱりわからん」

「まだ狙われるぞ」

「おそらく」

私は砂を摑《つか》んだ。風が出てきた。頬《ほお》が気持よかった。

「狙わせてみる。そして私の方は、なんとか相手をつきとめる。会ってみたいのだ。向こうも、平松の最期を知りたいにちがいない。話してやろうと思っている」

「見殺しにした、とそれでも考えたら？」

「それは向こうの問題だ」

「殺《や》られるかもしれん」

私は黙った。死にたくはなかった。特に、久邇子を得た今は、死にたくない。

「相手は普通じゃないぞ、木島。本当の殺しだって十年も過ぎれば、憎しみは薄れる。狂っているかどうかはわからんが、あんたを苦しめたがっていることは確かだ」

「どうすればいい。逃げ回っても仕方があるまい。相手は、私たちの居場所を常に嗅《か》ぎつけている。その気になれば、どうにでもできる」

「そうやって平然としている場合じゃないぞ。つきとめろ、何なら俺《おれ》が手伝う」

私は微笑した。

「つきとめるさ、今はただ、彼女の方が私にとって、より大きな問題なだけだ」

関根は唸《うな》った。

「わかったよ。もし必要なら何でもいってくれ。それからな——」

私の膝《ひざ》をゆすった。

「彼女には話すな。何があっても。女には理解できん。失いたくなかったら黙っていることだ」

「そう思うのか」

関根が砂に目を落とした。低い声でいった。

「二十年前、俺は人を刺したことがある。ツトメは果たした。加代子には、入っていたことは話していた。だがなぜかはいっていなかった。それをいったのは、つい最近だ。どうしてそんな羽目になったのかも話した。そのときの俺の立場では、そうするよりなかった、とな。奴《やつ》は、ああいう女だからわかってくれると思った」

「…………」

「ずっと俺と口をきかなかった。しばらくたって口をきいてくれるようになると、真っ先に俺に頼んだんだ。子供が欲しい、ってな。どうしてだと思う？」

「わからん」

「また俺が同じことをやると思っているんだ。そのとき、俺が死ぬか、入るかすれば、奴はひとりきりになる。そうなりたくないから、子供が欲しいっていいやがった。今の俺がそんなことをすると思うか？」

首をふった。

いさ」


「ときどき、女には参るぜ」

私は苦笑した。

「それは、あんたが奥さんに惚《ほ》れているからだ。惚れていたら、男は絶対女には勝てないさ」

「そうじゃねえのさ。男は、いつだって何本もの道が見える。自分の立っているところから、前や後ろ、東や西って具合にな。どうすれば一番いいか考えるんだ。俺が人を殺《や》ったときだって、実際は他に道があった。逃げることも、かわりに殺られちまうこともできたさ。その中で、俺は殺る方の道を選んだ。ところが女はちがう。家庭を持とうが持つまいが、女には一本道しかない。一本道しかねえから、強いのさ」

「より道を理解してもらおうとしても無駄だというのか」

「そうだよ。だから話すなよ、特に今は。あんたのせいでトラブルが起きている、とはな」

関根が手の砂をはらった。久邇子と加代子が花火を終え、歩みよってきたのだ。私たちは立ち上がった。

「何をよからぬ相談してたの。だめよ、こんな不良につきあっちゃ」

加代子が私を見て首をふった。

「不良と呼ぶには、とうがたちすぎているな」

私がいい、加代子が笑った。

「熊《くま》よ。あちこち毛が抜けた、くたびれた熊」

関根が苦笑した。

「帰るぞ。明日は朝出だからな」

「はいはい」

加代子がいって、関根によりそった。腕をとる。

「なんだよ、気持悪いな」

「夫婦じゃないの、ケチケチしないでよ」

さっさと歩き出した。関根がひきずられるようにあとを追った。

久邇子が微笑して、私を見た。

「楽しかった」

「これからも楽しい」

私がいった。私の手をとり、彼女が唇をあてた。湿った、優しい肌ざわりだった。私は肩に手を回した。反対側の手を、久邇子がからませた。私はその手を強く握り、歩き出した。

隣りあった和室にふたつずつ、加代子が床をのべた。私たちが奥の部屋だった。

「この旦那《だんな》は寝つきがいいくせに鼾《いびき》がうるさいからね。木島さん、久邇子さんの耳をよく塞《ふさ》いでおいてね」

久邇子がうつむいた。十二時前には、床に入った。昨夜のことを思い出したが、隣に関根夫婦がいる。

灯《あか》りを消すと部屋の窓から、防砂林の黒々とした影と明るい夜空が見えた。海鳴りがかすかに聞こえる。

白い顔がうかんでいた。その目が私を見つめていた。私たちは無言で見つめあった。

久邇子が腕をのばした。抱きすくめると、耳もとで喘《あえ》いだ。

不意に、関根の巨大な鼾が聞こえてきた。

7　弾　丸

関根の車と首都高速上で別れた。私たちは、久邇子のアパートがある自由ケ丘に向かった。

「仕事はいいの？」

「昼から出る。関根も同じだろう。あるいは夕方にはまた顔を合わせるかもしれない」

「素敵な人たち」

「そう。扱いにくいときもあるが、いい男だし、よくできた奥さんだ」

「わたしはパスしたの？」

いたずらっぽく久邇子が訊《たず》ねた。

「パス？」

「加代子さんがいっていたわ。なにもふたりきりでいるところへ邪魔しにいかなくてもいいって反対したのに、関根さんが、見せてもらう約束をしているんだって、強引《ごういん》に来た、と」

「そう……まあ……お喋《しゃべ》りめ」

素早い微笑をした。

「で？」

「昔風にいえば甲種合格」

「よかった」

「反対されたらどうした？」

「どうもしません。あなたがいいといえば、そばにいます」

「元気になってよかった」

「ごめんなさい。迷惑をかけて」

「とんでもない」

「今度、話します。わたしがどうしてあんなにとり乱してしまったか」

「無理に話さなくてもいい。誰にでも、ある」

「話したくないことが？」

領《うなず》いた。

「いいえ。話したいの、今は」

「今すぐでもかまわない」

「少し待って下さい」

「わかった」

首都高を降りた。環七に入り、進んだ。

「本当は、もう二度とお会いするのをやめようとも考えました」

「………」

「でもできませんでした。あなたといたかったから」

「君の都合で決めないでくれ。私の都合もある。今、居なくなられては困る」

苦しげに微笑《ほほえ》んだ。

「でも、このままでは、あなたに迷惑をかけ通してしまう、そう思ったんです」

「そんなことはない」

強く首をふった。

「意味がちがうの。私が迷惑をかけるといったのは――」

フロントグラスが突然砕けた。真っ白いヒビが細かく入り、一瞬ののち弾《はじ》けた。

久邇子が悲鳴をあげた。私は瞬間的にブレーキを踏んでいた。久邇子のアパートまで、あと一キロとない地点だった。

「どうして――」

「触《さわ》っちゃいけない！」

ウインカーを出し、ゆっくりと車を寄せた。目黒通りの中根の交差点を過ぎたあたりだった。車両の通行も激しい。

「石？」

「かもしれない。ダンプのタイヤが小石を飛ばすことがある」

私はハザードランプをつけ、サイドブレーキをひいた。突然だった。ショックで、手がわずかに震えていた。

通行人が驚いたように立ち止まり、見ている。

「怪我《けが》はない？」

「ええ。びっくりしただけ」

久邇子は頷《うなず》いた。

フロントグラスは、細かい粒を形成するようにヒビが入り、上の部分が砕け落ちていた。ダッシュボードの上がそれで埋まっている。

どこに石があたったのか、私は捜した。砕け方が激しく、すぐには見つからなかった。

フロントグラスの中央やや上の部分の砕け方が激しかった。私の車は、時速約六十キロで走っていた。前方を走っている車とは十メートル以上の開きがあり、しかもそれは乗用車だった。対向車線を何が走り過ぎていたか思い出すのは不可能だ。空気圧の高い、トラックやダンプのタイヤが小石を弾《はじ》き飛ばせば、かなりの速度となって飛来する。それが衝突の際においては、私の車の走行速度とプラスされるわけだ。

「でもびっくりしました」

胸を喘《あえ》がせている。私はその手をとった。砕けたフロントグラスのせいで、正面から車内を見通すことはできない。

「怪我がなくてよかった」

「これじゃ、木島さんが……」

私は肩をすくめた。

「とりあえず、目の前の部分を砕いて、交通のひどい支障にならない場所においていく他ない。あとで修理屋にとりにきてもらう」

「じゃ、わたしが送ります」

「君もくたびれている筈《はず》だ。それに、そうやってふたりでいたのでは、いつになっても離れることができない。そうしたくないのは、私もやまやまだがね」

私と久邇子は微笑《ほほえ》みあった。

「はい」

コンパートメントから、私は懐中電灯をとり出した。先端に赤い非常灯がついた、円筒形の品だ。

「破片が散るから、一度降りてもらえるかな」

久邇子が従うと、懐中電灯の尻《しり》の部分を使って、運転席の前、三十センチ四方を砕いた。一見、危険のない粒が、クモの巣からはがれ落ちるようにばらばらと散らばった。粒そのものは、さほど鋭利な破片ではない。そういう割れ方をするように作られているのだ。

だが粉状の細かい破片となると別だ。うっかり指先についているのを、それと知らずにこすると、すっぱり皮膚を切られる。

フロントグラスを砕きながら、衝突したと思《おぼ》しい小石を捜した。見あたらない。はねかえり、飛んでいったのかもしれなかった。

久邇子を安全のため、バックシートにすわらせた。

「前にすわると、破片が落ちているからね」

気をつけて、といいながらシートの上を注視した。そこまで散っていないか、注意したのだ。

破片はなかった。かわりに、バックシートに開いた小さな穴を見つけた。背筋が凍りつくようだった。バックシートの背もたれの中央よりやや高い部分に開いている。その穴から延長線を辿《たど》った。フロントグラス中央上部に行き着く。口が乾き、うまく言葉を発せなくなった。石ではなかったのだ。

「どうしたんですか」

私は首を振った。

久邇子の側のドアを閉め、運転席にすわった。止まっていた指先の震えがぶり返していた。恐怖をこらえて、開いた穴から前方を見渡した。

何もない。ただ車が行き過ぎ、人が歩いている。天候は曇り。アンブッシュにあったときと同じ、湿った濃い大気が淀《よど》んでいる。

私は目を閉じ、瞠《みひら》いた。誰かが撃った。私と久邇子を、銃で撃った。弾丸がフロントグラスを砕き、シートに刺さっている。

私を殺す気なのだ。わきの下に、冷たい汗が伝った。かじかんだように、指先が固い。吐き気がこみあげてきた。十数年前なら、笑い話になったろう。弾丸が飛ぶのがあたりまえの戦場であったなら。

ここはちがう。サイゴンでもプノンペンでもない。ましてやベトコンやクメール・ルージュが待ち受ける戦場でもない。

「どうしたの」

久邇子が訊《き》いた。

「何でもない。ひやりとしただけだ。もしうしろを、何か、大きな車、ダンプやタンクローリーが走っていたら、それもすぐうしろを、と思ったのだ」

かすれた声が私の喉《のど》を割った。たしかに大災害となったろう。だが、銃弾で額を撃ち抜かれるよりは、はるかに生存の確率がある。

ミラーを眺め、ウインカーを出した。走り始めた途端、後悔した。ひどい風だった。もろに顔にふきつけ、目を開いていられない。

それでも数百メートルを走った。舗道を行く人々が、あきれたように立ち止まり、見送った。

初めは、交通の激しくない場所に、車を駐《と》めておくつもりだった。しかしそれはできない。人けのない場所に行き、再び撃たれたら。

そう考えるだけで戻しそうになった。

ガードレールの切れ目を見つけ、車を寄せた。

「君はここからタクシーで帰りたまえ。いや、途中まで私が送っていこう」

「そんな、すぐそこですもの。歩いてでも帰れるわ」

「絶対に、いけない」

久遷子が驚いて私を見た。私の顔から、読みとった。

「何があったの?! 何を見つけたんですか」

私は強く首をふった。イグニションを切り、キイを抜いた。ここなら人間が多い。老人が、店員が、主婦が立ちどまり、好奇と心配の色を浮かべ見つめている。

「さあ、行こう」

有無をいわせず車を降りた。久遷子が降りてくるのを待つのももどかしく、走りよってきた空車に手を上げた。

久遷子をシートに押しこみ、逃げるように乗りこんだ。

「まず自由ケ丘、それから原宿だ」

「一度、うちに帰る筈《はず》じゃなかったんですか」

久遷子が驚いて私を見た。

「いや、直接行くことにした」

「どうして?」

驚きと恐怖の色が混じりあった表情で私を見た。

「顔色がまっ青よ。どこか具合でも――」

「そうじゃない。そうじゃないんだ！」

久邇子が口をつぐんだ。

「……なぜ？」

囁《ささや》くように訊《き》いた。私の右手を強くつかんだ。

「そこを左だ」

私は答えず、運転手に指示をした。

「車に何かあったのね、何があったの？」

「今は何も訊かないで。ただ私のために、大変な危険に、君をさらした。だからしばらくは――」

久邇子が激しく首をふった。悲鳴のような声でいった。

「ちがう、ちがう、あなたのせいじゃない。わたしが、わたしが」

「そこでいい！」

私は運転手に叫んだ。タクシーが急停止した。先に立って降り、周囲を見回した。いつもの光景だ。アパート、歩く人々、電車の唸《うな》り。

「お願い、聞いて」

久邇子が私の腕をつかんだ。

「わたしのせいなの。すべてわたしを狙《ねら》っているのよ」

「ちがう、君ではない。だから、今は私と別々にいてくれ。これ以上、君を危険にさらすわけにはいかない。アパートに帰り、鍵《かぎ》をしめるんだ、早く！」

目を瞠《みひら》いて私を見つめた。

「なぜ、どうして」

「早くするんだ！」

私の語気の荒さに押されたように、後退《あとじさ》った。信じられぬように私を見ていた。

「十四年前なんだ。すべてが私の十四年前にある。近いうちに、皆、君に話す。だから今は——」

「嘘《うそ》よ、どうしてあなたが……」

「行くんだ、早く」

私はタクシーの中に体を入れた。立ちつくし、見つめていた彼女が、よろめくように足を踏み出した。驚愕《きょうがく》と不信の表情が、その顔をこわばらせている。

「待ってくれ」

発進しかけたタクシーががくんと止まった。運転手がルームミラーから私をにらんだ。

久邇子がアパートの階段を昇っていくのを見つめた。何事もなく彼女が部屋に入るのを見届けなくてはならない。それをせずに逃げ出そうとするのは卑怯《ひきょう》だ。

何分かが過ぎた。久邇子が窓のカーテンをひくのが、ベランダごしにちらりと見えた。

私は大きく息を吐いた。

運転手が、怒りを通りこし、興味の色を浮かべて私を見ている。

「もういい。原宿へ行ってくれ」

私はいった。

堀井が製図盤《ドラフター》から目を上げて私を見た。あきれたようにいった。

「飲みすぎですか、ひどい顔色ですよ」

「そうじゃない」

私はデスクの前に腰をおろした。黒を基調に統一した事務所の中は、すべてを非現実のできごとと、私に思わせるほど静かで落ちついていた。

堀井がシャープを走らせ、舌打ちをする。消しゴムで消し、羽根でカスをとる。静かで日常的な時間だ。ただ空調がきき過ぎていて、肌寒さを感じるだけだ。

空調のせいでないことはわかっていた。

堀井が顔を上げ、ひき終えた線を検討した。納得がいったようにまた顔を落とす。

デスクの上にメモがあった。小さな四角い字で、篝《かがり》から二度ほど電話があったことが記されている。プレゼンテーションの日取りが決まり、それに備えての根回しをやっておこうという腹なのだろう。

それどころではない。私は殺されかけている。

煙草《たばこ》に火をつけた。手の震えはおさまっていた。じっとりと汗はかいているが。

弾丸、すぐにそれとわからなかった。知ったときに恐怖が押しよせた。不思議だ。カメラのファインダーを通したときは、あれほどの恐怖は感じなかった。すぐ横で、前で、被弾し倒れる兵士を見つめながらも、恐ろしくなかった。撃たれている瞬間でありながら。

撃たれていたことがわかっただけで、今ではこうだ。

電話に手をのばした。新聞社の垂水に訊《き》かなければならない。平松の誰が、平松の何が、私を襲っているのか。

三度だ。放火、悪戯《いたずら》書き、銃撃。三度目は昼ひなか、公道で行われた、堂々と、誰も気づかぬうちに。

久邇子がいなければこれほどの恐怖は感じなかったかもしれない。居なければ——。

受話器を持ちあげた手がとまった。

居なければ、襲撃は受けていない。いつも彼女がいた。

まさか、彼女を狙《ねら》っているわけでは。その筈《はず》はない。あの悪戯書きの文字は、はっきりと私を指している。ベトナムを、カンボジアを、思い出せと語っているのだ。

だが久邇子は妙なことをいった。自分のせいだ、と。馬鹿げている。彼女が知っているわけはない。

彼女と二人で過すとき、それを待って犯人は襲いかかっている。私だけではなく、久邇子も断罪される責めがあるように。

のか、涙を流して憤激していた。夏木カメラマンに会いたいとの由。プノンペンに戻ったら話さねばならない。須田嬢といった。バンダナをつかみ涙をこらえていた。憐《あわ》れすべての血がひいた。そんなことがあるのだろうか。信じられない」

須田、須田久邇子。恋人が死んだ、死ぬところを見ていない、忘れるために結婚した。十四年前、嘘《うそ》、どうしてあなたが。

わたしのせいなの、すべてわたしを狙《ねら》っているのよ、そういった。ちがう、君ではない、だから今は私と別々に居てくれ――そうではなかった。

ふたりでいるところを狙ったのだ。彼女が、私といるから狙われたのだ。

見殺しにした私と、見殺しにされた男の恋人がいっしょにいるから。

許せない、と。死者を裏切った、と。そう思ったにちがいない。だから今、十四年もたった今、狙っているのだ。

「木島さん」

「………」

「どうしたんです」

「待って下さい」

ページをくった。働く日、飲む日、そして出国して、プノンペンに着いている。

「プノンペン、暑い。ここは夏がつづいている。APにTELする。夏木カメラマン、行方不明。連絡あらば。クメール・ルージュのアンブッシュがすごい。暑さと危険は並行して増している。無為な死ばかりに、日本の春を思う。この夏はいつ終わるのか」

それからが空白のページであった。

もう一度ページを戻り、一字一句を読み返した。文字はあくまでも文字だった。事実があくまでも事実であるように。

なんということだ。

「……恵美というのは義姉《あね》の名です。何かおわかりになりましたか」

垂水が話していた。

ガードマンと壁画がある。意味をなさない模様だ。足早に人々が行き過ぎる。現実ではない。現実はこの手帳の文字だ。

「大丈夫ですか」

「ええ」

私の顔をのぞきこむ垂水に、頷《うなず》いてみせた。

「顔色がひどいですよ、何か冷たいものでも飲みますか」

首をふっていった。

「電話を、かけたいのですが」

私を見つめながら垂水が右手を示した。ロビーの隅《すみ》に黄色電話があった。

両膝《りょうひざ》に力を入れ、立ち上がった。久邇子に知らせなければならない。一刻も早く。だが何といえばよいのか。

硬貨を落とし、ボタンを押す。呼出音が鳴り始める。早くとれ。答えてくれ。意識し始めてから十回を数えた。そしてもう十回数え、受話器をおろした。

仕事か、今日いっぱい休みの筈《はず》だ。買物に出かけたのか、実家に行っているのか。どうすればいいのだ。私の存在が彼女を危険に落とし、彼女の存在が私を危険に落とした。

事務所に電話を入れた。堀井が張りのある声で応答した。

「私だ。誰かから連絡は？」

「何もありません」

「もし須田という人から電話があったら、連絡先を聞いておいてくれ。必ずだ。頼むぞ」

「はい」

次は。次は何をするのか。犯人だ。犯人を知らなければならない。

垂水の待つ長椅子《ながいす》へと戻った。垂水は煙草を吸い、心配と懸念《けねん》のまじりあった表情で私を見た。

「おうかがいしたいのですが」

「どうぞ。何ですか」

「平松や私について、最近、問い合わせはありませんでしたか」

煙を吐き、考えた。

「さあ……。これといってなかったと思います。木島さんにお会いするまで忘れていたぐらいですから」

「この手帳には、平松の叔父にあたる人と会ったと出ていますが、その住所はわかりませんか」

「そりゃどうかな」

　私の広げたページを見つめた。

「高松の老人とありますね、名前が書いてないところを見ると、同じ平松姓だったのかな。礼状か何か寄こしているかな」

「わかりますか」

「義姉《あね》がとっていると思いますが、訊《き》いてみますか」

「ぜひお願いします。できるだけ早く」

　驚いたように私を見た。

「今は話せませんが、非常に重要なことなのです。私ともうひとり、ここに書いてある、須田という女性の生命がかかっているのです」

「そりゃ大変だ」

　落ちついた口調でいうと、垂水は立ち上がった。私は硬貨をさし出した。

「いや、あります。今、訊いてみますから」

「お願いします」

電話機に歩みよる垂水の背を見守った。

何者なのだ。ベトナムを知り、久邇子を知り、現在の私を知ることができた人物。

「MERRILY WE GO TO HELL AND COME BACK」は、私だけではなく、久邇子にもその意を伝えたのだ。当時この言葉は、誰もが使っていた。あの戦いの現場に立つ者すべてがだ。平松もよく使っていたような記憶がある。手紙を書いていたかもしれない。大学生であった久邇子に。

ファミリアのフェンダーに書かれた文字は、私と久邇子の両方にそれを思い出させるためだったのだ。私たちが、互いの過去を知らずに愛しあっていると、犯人は決して思わなかったにちがいない。

平松が生きている。その筈《はず》はない。だとすれば誰だ。平松に近い人間だ。それも、ごく。

垂水を見た。受話器を手に待っている。義姉が古い手紙をひっくり返すのを聞いているのだろう。

再び手帳を見た。

弟、行方不明、唯一《ゆいいつ》の家族、その文字が浮かび上がった。

弟だとすると、どうして知ったのか。あの頃、兄の平松だけには連絡があったのかもしれない。久邇子のことを聞いていたか、会った可能性もある。

久邇子ならそれを知っている。平松の口から弟のことを聞いていたかもしれない。あるいは久邇子は気づいていたのか。

自分がなぜ、誰に狙《ねら》われているのかを。

すると私のことも、平松の死に関《かか》わった私の立場も知っていたのか。全身に汗が吹き出した。その筈《はず》はない。知っていたら、彼女は私を愛さない。

愛している今も——知れば私を切るだろう。彼女の心と生活の中から。

胸をずたずたに切り裂かれる思いで、手帳の文字を見やった。

見殺しにしたのか。涙を流して憤激。

そうではない、久邇子。ちがうのだ、わかって欲しい。

今は気づいている。

十四年前、嘘《うそ》、どうしてあなたが——。

私はなくす。命だけではなく、心を。今までに出会った人間の中で、最も、そばにいてもらいたいと思った人間の心を。

眩暈《めまい》に似た感情の発作に襲われ、目を閉じた。なくしたくない。どんなことがあっても。

「木島さん——」

目を開いた。気の毒そうな表情を浮かべた垂水が立っていた。

「見つかりませんでした。遺骨と遺品を渡した後は、完全な没交渉になってしまったようです」

「そうですか」

私はのろのろと手帳を閉じ、古い革の表紙をなでた。

「どうしたのです？　何があるのですか」

垂水は私の向かいに腰をおろして、手を組んだ。

「何と説明して良いのかわからないのですが……。平松の死を、私の責任だと信じて、私の、いや、私ともうひとりの人間の生命を狙《ねら》っている人物がいるらしいのです」

目を瞠《みは》った。

「しかし、それは――」

「当時でもそういう意見はあったのです。お兄さんも、平松の恋人がそう考えていたのを、手帳に書き記しています。実際、写真を撮《と》っていなければ、私は平松を助けられていたかもしれないのです」

「なぜ今になってそんなことを？」

「それは――」

言えなかった。垂水にすら、いえなかった。垂水は私を見つめて、考えていた。

「もうひとりというのは、先ほどおっしゃった、手帳の須田という女性ですね」

「ええ」

「お知りあいなのですか」

「そうです。偶然でした」

「木島さん。あなたと須田さんが知りあいで、それを誤解した、平松カメラマンの親しい誰かが、狙《ねら》っている、それはわかります。でも、なぜ今なんです？　私がいうのは、その犯人が、十四年間、須田さんと木島さんが親しくなるのを待っていた筈《はず》はない、と思うからです」

私は目を上げた。垂水は真剣な表情だった。

その通りだ。犯人が十四年間、私と久邇子を監視していた筈はない。つい最近、犯人は知ったのだ。

私と平松の死の関《かか》わりを、私と久邇子の仲を。

どこで。どうやって。

写真だ。考えられるのは、あの写真しかない。私が撮った、平松の最期。

「垂水さん、あの、私が撮った写真を、新聞か雑誌で見たことはありませんか、それもこの何か月かの間で」

垂水は首をふった。

あの写真のネガは、ＡＰにある。私は機材とともに、とうとう取りに行かなかった。ＡＰがそれを、つい最近どこかで使ったとしたら。

「警察は知っているのですか」

「知りません」

「………？」

「最初の襲撃は、私の家に対する放火だったのです」

垂水の顔が凍りついた。

「そんな、何ということを」

刑事の古市からは二度ほど電話を貰《もら》っていた。どちらも、大して捜査に進展がないことを知らせ、私に新たな手がかりを求めたものであった。何ひとつ、私は与えていない。

「木島さん、警察に知らせた方がいい。犯人が誰であれ、それは本気なんだ」

「わかっています」

私は微笑《ほほえ》んだ。奇妙なものだ。人に心配されると、わずかだが心のゆとりと冷静さが生まれてくる。

もし垂水に、今日の午前中、銃で撃たれたことを話そうものなら、この場で一一〇番されるかもしれない。

「とにかく気をつけて下さい」

私に連絡するつもりがないことを、見てとったのか、垂水はいった。

「私にできることでしたら、協力しますから」

「ありがとうございます。その後、何かわかったら連絡しますから」

私は礼をいって立ち上がった。手帳を預かる許可をもらい、そこで垂水と別れた。彼がエレベーターに乗りこむのを見送ると、新聞社を出る。

タクシーを拾い、事務所に向かった。久邇子に連絡をとらなければならない。久邇子ならば、何かを知っている。そして私は久邇子を失う。
だが彼女の命を失うよりはましだ。
私は不意に、自分の生命を奪われる恐怖がなくなっていることに気づいた。

8　待つ

久邇子はいなかった。連絡もない。

別れてから四時間以上たっていた。私は勤め先の眼科医院に電話をかけ、そこが今日いっぱい休みであることを知った。

どこへ行ったのだろうか。

あることを考え、慄然《りつぜん》とした。私が、自分の車の後部シートで見つけたものが何であったか、彼女が知ろうと思ったのではないか、ということだ。

私が立ち去ったあと、自分の目で確かめようとサーブを駐《と》めておいた場所に出かけたとしたら。

犯人がそこに留まっていた可能性はある。私と久邇子をじわじわと恐怖の淵《ふち》に追いこみ、最後に命を奪おうとしているのだ。ひと思いに殺してしまう気はない。

だが、もし久邇子が犯人と出会ったらどうなるだろう。犯人が、久邇子の知る人物だとしたら、放っておくわけにはいかなくなる。

久邇子を殺す――それだけは防がねばならない。私の命に代えても。

私は矢も盾《たて》もたまらなくなり、事務所を飛び出した。たとえ犯人がそこで待っていようと構わなかった。私ひとりなら良い。久邇子の命を奪うことは許せない。

午後のラッシュの中を、私の乗ったタクシーはじりじりと進んだ。久邇子が何も知らず、彼女の身に何も起こらず、アパートにいてくれることを私は願った。そうであれば、私は彼女に、私の過去をすべて話せる。そして、彼女の口から私たちを狙《ねら》う人間の名を聞けるかもしれない。久邇子は、深く傷つき、悲しむだろう。そして怒るだろう。私がした行為に。平松を見殺しにした撮影に。

私は会いに行く。私と久邇子の命を狙った人間に会いに行く。そして、私たちの出会いが、結びつきが、皮肉な巡りあわせであったことを話す。彼女を傷つけるな、と懇願する。私自身はともかく、彼女だけは傷つけるな、と。

もし相手がそれを許さないようであれば、私は防ぐ。肉体を失おうと、心を失おうと構わない。私は、防ぐ。

自由ケ丘に到着した。車を待たせておき、私は久邇子のアパートに走りこんだ。リノリウムを張った階段を駆け昇った。一度も昇ったことのない階段だった。あるいは、何十、何百回と、この先昇る筈《はず》の階段だった。だが、久邇子が部屋にいれば、昇るのはこれが最初で最後になる。彼女は十四年たった現在でも、決して私を許さないだろう。知らずにとはいえ、私と深く関《かか》わったことを後悔し、憎しみをかきたてるにちがいない。

クリーム色のスチールドアが廊下に二枚並んでいた。右側に「須田」という表札がかかっている。ドアの左側、もう一枚との境にインタフォンがあった。そのボタンを押した。

返事はなかった。

もう一度押し、ドアをノックした。ドアの反響が踊り場にこだました。寂しい音だった。

応《こた》える者はない。

ノブを回した。鍵《かぎ》はかかっている。

彼女が自分の意志で外出したことを示している。無理矢理連れ出されるのに、錠をおろしていく人間はいない。

踵《きびす》を返した。もし私と別れた直後にサーブの様子を見に行ったならば、現在もそこにいる可能性はない。キイは私が持っているのだし、仮に彼女がドアのロックを解いたままにしておいても、移動させることは不可能だ。

それでもタクシーに戻ると、サーブを駐めた場所へ走らせた。

車の周囲に人の姿はなかった。タクシーをそこで乗り捨て、サーブに乗りこんだ。どちらにしてもこのままここには置いておけない。修理屋に預ければ、後部シートから銃弾を発見するかもしれない。

サーブの内部に異常はなかった。後部ドアもロックされている。だが、一度開けておいて、ロックした可能性もある。

私はイグニションキイを回し、そろそろとサーブを発進させた。風はあいかわらず吹きこんだが、わかっていたことなので気にはならなかった。

自由ケ丘から、私の住む田園調布南までの距離はさほどない。電車の駅にして三駅、車でゆっくり走っても三十分はかからない。

走り出してから、私は、久邇子のファミリアが駐車場にあったかどうかを調べ忘れたことに気づいた。久邇子は、修理工場に明日持っていくといっていたのだ。駐車場はアパートの裏手にある。

右折し、自由ケ丘の方角に戻った。

ファミリアはなかった。

久邇子は、あの車を自分で運転してでかけたのだ。このことは、彼女の行先のひとつを消すことになった。実家へ、車で行くことはない。歩いても数分の位置なのだ。

あるいは一日早く、修理工場へ持っていったのかもしれなかった。そこで意外に手間どり、戻ってこられないのかもしれない。

こみいった裏道をそろそろと抜け、田園調布南へと向かった。万一犯人が、私の車を尾行していればひどく苦労しているだろう、と私は思った。

じれったいほどの低速な上に、住宅街の中を走り抜けているのだ。こちらに気づかせずそうするのは、まず不可能だ。

私の家に辿《たど》り着いたのは、午後五時を過ぎた頃合いだった。堀井はとうに、事務所を出てしまっているだろう。もし誰かから連絡があれば、それはメモとなって、私のデスクに残されていることになる。

ガレージにサーブを入れ、扉をおろした。

明りをつけ、トランクルームを開いた。工具箱の中から、細身のドライバーを手にした。

後部シートに入り、開いた穴にドライバーの先をこじ入れた。詰め物の中をかき回していると、ドライバーの先端が固い物に触れた。

取り出した。

先端が平らに潰《つぶ》れた弾頭だった。ベトナムにいる間に、銃とその弾丸について、ある程度の知識を身につけていた。貫通の対象が、フロントグラス一枚であったにしては、弾頭の先端が広がっている。

今までに幾度も、ジープや乗用車のガラスを撃ち抜いた弾丸を見たことがあった。それらは、もっと原形を保ち、ガラスの貫通孔も丸い簡単なものだ。今朝のように砕けることは少なかった。

弾頭が柔らかなソフトポイントよりも、尚《なお》広がりやすいハローポイントであろうか。潰れた弾頭の中央部分が凹《へこ》んでいる。その形状を見つめているうちに、ひとつの名を思い出した。

ハイドラ・ショック――弾頭が着弾時に大きく広がる、いわゆるダムダム効果を最大限に発揮するよう作られた弾丸だ。人間の体内に入ると、潰れて倍近くになり、確実に命を奪う。

弾丸は、速度と貫通力ばかりが、威力の基準になるわけではないのだということを、私は米軍の特殊アドバイザーから聞かされたことがあった。

アサルトライフルの弾丸は速度が速すぎて、被弾した場所によっては、貫通し、致命傷にいたらぬ場合がある。弾頭の固い弾丸においても同じことが起こる。体内をつき抜けることによって、弾丸そのものが持つエネルギーも体外に放出されてしまうのだ。

そこで、体内に留《とど》まり、持つエネルギーをすべてそこで放出するような弾丸が考案された。初めは、ダムダム弾のように、弾頭に刻みを入れたり、潰《つぶ》したりしたが、より効果的なタイプを、メーカーが開発した。それがハイドラ・ショックである。

中央を凹ませ、その凹みの中に小さな突起が出ている。発射され、物体に衝突するとたちまち潰れて広がってしまう。それが人間であれば、体内をズタズタにしてしまうわけだ。

わざとフロントグラスの中央を狙《ねら》ったのだろうか。偶然外れたとすれば、私か久邇子は命を拾ったことになる。顔に命中すれば即死していたろう。

犯人は第二弾を発射しなかった。あくまでも脅《おど》すために撃ったのだ。放火のときと同じである。あるいは生命に関《かか》わる可能性を残しつつ、確実に殺そうとは、していないのだ。

弾頭をしまい、サーブを降りた。あとは修理屋にとりに来させるだけだ。

ガレージの側から屋内に入った。冷蔵庫からハイネケンを取り出して、キッチンの椅《い》子《す》にかけた。早朝、千葉を出るときに簡単な食事をしただけで、何も食べてはいない。空腹感はあるのだが食欲がない。

時計を見た。午後六時、ニューヨークでは午前四時にあたる。記憶の中にある番号を探った。思い出せない。

調べる方法はある。日本支局に訊《たず》ねれば良いのだ。

AP通信のニューヨーク局の番号を訊《き》き出した。国際電話を申しこむ前に、錆《さ》びついた舌を回した。英語をどの程度操ることができるか不安だったのだ。辞書で調べることもできるが、必要なのに思い出せない単語がいくつかあった。辞書で調べることもできるが、そういう自分が許せなかった。

ビールをひと口飲み、煙草に火をつけて決心した。国際電話局に申しこんだ。

ニューヨークと電話がつながったとき、自分で予想もしなかったほど滑らかに言葉が口をついた。

通信社に夜はない。午前四時であろうと、私が求める人物か、その人物と連絡をとることのできる人間はいる筈《はず》なのだ。

「十四年前、APサイゴン支局次長をしていた、ロイ・オークマンと話したい。こちらは日本人カメラマンのナツキだ」

「ロイ・オークマン？」

交換手が訊き返した。

「そうだ」

「彼は今、自宅にいる。明日午後にならなければ出てこられない」

「自宅の電話番号を知りたい」

「それは教えるわけにはいかない」

「緊急の用件だ。十四年前、私が撮った写真をお宅が使い、人間の生命が危機にひんしている。オークマンに連絡しなければ、彼は大変困った立場に立つ」

ブラフをきかせた。交換手はしぶしぶいった。

「オーケイ、ちょっと待て」

オークマンの電話番号をいった。猛烈な早口だった。二度訊き返し、私はメモをとった。もし、私の電話が国際通話でなければ、どんな言葉を並べようと、決して教えられることはなかったろう。

「ありがとう」

礼をいって電話を切り、再び国際電話を申しこんだ。アメリカ人は総じて早起きだが、さすがにまだオークマンも眠っているだろう。

朝の四時に叩《たた》き起こされ、十四年前の日本人の部下からの国際電話と知ったとき、オークマンはどんな反応を示すだろうか。腹がでっぱっているくせに、身のこなしが素早く、ひどく神経質だった、かつての上司を私は思った。当時でもまばらだった髪は、今はおそらく全滅していることだろう。私たちはよく、本国に戻ったら、オークマンが特製のカツラをあつらえるにちがいないと噂《うわさ》しあったものだ。

オークマンはひどい汗かきで、ベトナムの暑さと湿度が、彼の人生のスケジュールより大幅に早く、その頭の賑《にぎ》わいを奪ったのだ。

「ミスター・オークマンとつながった」

交換手が告げた。

「ロイ？　覚えているか、あなたの部下だったナツキだ」

「覚えている。旧交を温めるにしては、いささか早すぎる時間だが」

しわがれたオークマンの声が一拍おいて返ってきた。

「時差をわきまえなかったことはおわびする。実は緊急事態なのだ」

「ナツキ、君にはまったく驚かされる。ある日突然姿を消し、外国から辞職を宣言してくるかと思えば、十四年後の朝っぱら、緊急事態だといって、私を叩き起こす。いったい何事だ――ただし、いっておくが、私はもう現場にはいない。副社長をしているのだ」

「遅ればせながら就任おめでとう」

「就任祝いはいい。用件をいいたまえ」

「こういえばわかるだろう、私の写真だ」

「……………」

オークマンが黙った。

「怒っているわけではない。ただ、私の写真が再び公開されたことによって、私の命が狙《ねら》われている」

「今、どこにいるのだって？」

「トウキョウだ。今日の朝、何者かが私を撃った。ハイドラ・ショックの弾丸をつめた銃を使って」

息を呑《の》んだ。

「待ってくれ」

ライターを鳴らす音、最初の一服で咳《せき》こむ声が聞こえた。オークマンの癖だった。いつか煙草をやめてやる、そういっていたものだ。十四年、それを果たせなかったわけだ。

「君の許可を得なかったことはあやまる。だが、そうしようにも、居所がわからなかったのだ。適正な使用料金も経理の方で計上してある筈《はず》だ」

「そんなものは慈善団体にでも寄付してくれ。それより、いつ、どういう形で私の写真を使ったのだ？」

「半年前から、我が社主催の戦争写真展を全米で巡回公開しているのだ。テキサスを皮切りに、ルイジアナ、フロリダ、ジョージア、アラバマ、ミシシッピー、オクラホマと来ていて、現在はアーカンソーか、テネシーにいる筈だ」

「その中に私の写真を?」

「そのままフィルムライブラリーで眠らせておくには、あまりに惜しい写真だった。兵士だけではなく、我々報道記者にも、戦争が過酷な運命をもたらすという、最高の証明になったのだ」

私が沈黙する番だった。彼の言葉は、そのまま現在の私にあてはまる。私の、ベトナム、カンボジアにおける暑い夏は、まだ終わっていない。夏から逃れようとしてきた長い旅が、現在でもつづいている。

「気を悪くしたのなら、あやまる。すべて私の責任と選択でやったことだ。ナツキならわかってくれると思った」

「それはいい」

私はぽつりといった。一拍おいて、オークマンの吐息が返ってきた。

「それよりも、あの写真の被写体と、撮影者、つまり私について問いあわせてきた人間はいないだろうか」

「その人間が君を撃ったというのか」

「そうだ。私だけではない。その場には、被写体となったカメラマンの元恋人がいた」

「本当か?!」

「真実だ。犯人は、私たちを撃つ数日前にペンキを使って私たちの車にこう書いた――我ら喜びて地獄に行き、また還《かえ》らん」

ジーザス・クライスト、オークマンが呟《つぶや》いた。

「怪我《けが》はなかったのだろうな」

「幸いにして。もしあなたに心当たりがなければ調べて欲しい」

「わかった」

オークマンはてきぱきとした口調になった。

「君のトウキョウの番号を教えてくれ。すぐに調べて連絡をする」

私は番号を告げて電話を切った。オークマンがその通りにすることはわかっていた。彼が現在の地位を、上司への追従《ついしょう》や部下の功績を我がものにすることで得たのではないことは確かだ。

受話器をいったんおろし、再び持ち上げた。久邇子の部屋に電話した。まだ、応答はない。

不安が激しくなった。犯人をつきとめる作業を行っている間は感じていなかった。今、こうして、独りでなす術《すべ》もなくいることは耐えられない。

ぬるくなりかけたビールを飲んだ。胃に重さがこたえるだけの代物《しろもの》になっていた。

思いつき、テーブルのかたわらに吊《つ》るした番号簿をくった。関根が親しくしている自動車修理工場がある。関根と同年輩の男がやっていて、妙に腰が低く、関根を「兄《あに》さん」、私を「先生」と呼ぶのだ。今では、その前身が想像できた。

そこに電話を入れ、男に、サーブを取りに来てくれるよう頼んだ。そして、その間の代車も依頼した。できるだけ早い方がいい。

「今日これからでもうかがえますがね、ただ代車なんですが、先生にはちょっと今、不向きなものしかないんです」

何が起きるかわからない以上、贅沢《ぜいたく》はいえなかった。何でもいい、走るのなら、と私はいった。

「わかりました。じゃ、早速、お邪魔いたします」

電話を切り、オークマンからの連絡を待った。何もしないでいることに耐え難くなると、キッチンに立った。

パンケーキを焼き、ベーコンとじゃが芋をいためた。トマトと玉ネギ、小さく刻んだチーズでサラダを作る。本来なら朝食のメニューであった。それも、久邇子に食べさせる筈《はず》の。

それを考えると、全身から力が抜けていくようだった。それでも無理に、グレープフルーツジュースで流しこんだ。ビールはこれ以上、飲みたくなかった。

食べ終え、流しに運んだ食器を洗っていると電話が鳴った。オークマンだった。

「わかったよ、ナツキ」

沈んだ声でオークマンはいった。

「五週間ほど前に、アラバマに住んでいるという日本人から照会があった。その日本人は完璧《かんぺき》な英語を喋《しゃべ》り、自分は被写体の弟だといったそうだ。十五年前からアメリカに住み、現在は永住権をとって、アラバマで観光ガイドをやっている。ただし、その前は、海兵隊《マリーン》にいた。ベトナムには行かなかったらしいが」

「その日本人の名前は？」

「ヒラマツと告げた。フルネームはわからない。応対した社員が君の名を教えた。丁寧に礼をいって帰っていったそうだ」

弟の平松は、その足で日本にやって来たのだろう。私を捜すかたわら、久邇子にも連絡をとろうとした。

そして知ったのだ。自分の兄を見殺しにした人間が、兄の元恋人と深い関係になっていることを。

「ナツキ……」

オークマンがいった。

「会った社員がいっている。彼はベイルートで殺し屋どもを取材してきたベテラン記者だ。そいつがいうんだ。俺《おれ》の会った日本人は、静かで物腰の柔らかな男だった。だが目だけはちがった。今にも誰かに何かをやらかしそうな、冷たい憎しみを浮かべてたってな」

「その記者にいってくれ、あんたの勘はまちがっていなかったと」

「すまなかった、どうすればいいのだ」

悲痛な声でオークマンはいった。

「あなたが心配することはない。誤解をとけば大丈夫だと思うから」

「君は嘘《うそ》が下手だ、昔からそうだった」

私は小さく笑った。笑った声は、一万三千キロ彼方《かなた》へと吸いこまれた。

「何もかもが無事にすんだら、連絡を入れる。それまでは副社長の座にいてくれ。ニューヨークに行ったときの歓待を期待している」

「ナツキ……」

まだ何かをいいたげなオークマンに、おやすみを告げて、私は電話を切った。

これでようやく、私を狙《ねら》っている人間の名がわかったわけだ。私は皮肉な気分で思った。平松——想像通りだ。アメリカに渡っていた弟が、音信不通の兄の死を知る。そして見殺しにした人間の存在も。

すべてのネガ、写真を持たぬ現在でも、あの写真だけは思いうかべることができる。背を丸め、瞳《ひとみ》に苦痛と驚き、そして悲しみを浮かべて、自らの体に開いた穴を見つめている。右手はしっかりとライカを握りしめていた。そのライカにも銃弾は命中し、レンズを砕いている。

次の写真では、あきらめと救いを求める表情を顔に刻んだ平松の体が空中を舞っている。おそらくその瞬間、彼の魂はこの世になかったのだ。画は鮮明で、冷酷なほどそれを捉《とら》えている。撃ったクメール・ルージュの兵士もまた、その背後に写っているのだ。写真を見るならば、平松の死を予期しつつ、何の警告も与えずにシャッターを押したと信じられるだろう。

事実その通りだ。私はシャッターを押す以外、何もしなかったのだ。叫んだのは、平松が撃たれてからだった。だが、あのときの私に、他に何ができたろう。その場を克明に見守り、平松を殺したクメール・ルージュの兵士を撃ったラルフは、病院に向けて移動中のヘリの中で死亡した。

彼は私を救った。が、私は彼を救えなかった。彼のM16から私が放った弾丸は、私の命の他は、誰の命も救わなかったのだ。

煙草に火をつけ、深く吸いこんだ。食べたものが胸につかえ、下におりていかない不快感を感じていた。

グレープフルーツジュースを飲んだ。ひどく苦く、酸味が強かった。

久邇子も恨んだ。見殺しにしたことだけではなく、その写真を公開したことに対しても。それはわかっている。自分にとって重要な人物の死を、そのものを、衆目に触れさせて、気持の良い人間がいる筈《はず》はない。

この世にふたり、そう感じた人間がいたのだ。ひとりと私は愛しあい、ひとりからは命を狙《ねら》われている。そして、同じ人間の死を悼んだひとりが、もうひとりをも狙っている。

しかし彼女に責任はない。すべては、私にある。

インタフォンが鳴った。修理工場の男だった。レッカー車と、もう一台の車を若い助手に運転させて来たのだ。

私は、ツナギを着た二人の若者の手で、フロントグラスを割られたサーブが吊《つ》り上げられるのを見守った。修理工場の親爺《おやじ》は、小山といった。小柄で色が黒く、皺《しわ》の多い顔立ちをしている。背が低いだけではなく、いつも腰をかがめているような印象を受ける。

小山は金属性のホルダーをさし出した。小指ほどの大きさの折り畳みナイフにキイリングがついている。

「極道《ごくどう》で、先生にはちょいと不向きな車ですが、脚がわりに使ってやって下さい。なに、頑丈《がんじょう》が取柄みたいな車です。少々こすろうがぶつけようが、構やしません」

私は門前に駐《と》められたカマロを見つめた。白地にブルーのサイドストライプが入り「Z28」と描かれている。

私は微笑して頷《うなず》いた。

「もしお気にいらない点があったらいつでもおっしゃって下さい。兄《あに》さんからも、なんでもするよういわれておりますから」

「ありがとう」

そいじゃ失礼しやす、と呟《つぶや》いて小山は腰をかがめた。レッカー車に乗りこみ、荒っぽくドアを閉める。サーブは無様《ぶざま》な姿で、私の視界から消えた。

屋内に戻ると、久邇子のアパートに電話を入れた。応答はない。

決心した。アイスボックスに冷蔵庫から出した缶コーヒーとリンゴを放りこんだ。カマロの後部シートに置き、乗りこむ。久邇子が帰るまで、アパートの前に駐めた車の中で待つつもりだった。

イグニションを回すと、一呼吸おいてカマロは鈍重だが力強い排気音をたてた。シートを調節し、ルームミラーを直すと発進した。

多摩川の方角に、わずかだけ青空がのぞいていた。周囲を、赤く染まった雲がおおっている。から梅雨がじきあける。そうなれば、本当の夏が来るのだ。

窓をおろし、夕方の空気を吸いながら、私は車を走らせた。


夜はゆっくりと、しかし確実に過ぎた。退屈はしなかった。初めの数時間は、足早に家路を急ぐ人々の視線が、わずかに苦痛だった。だからといって、誰かが何かをいうわけではなかった。警戒した表情すら浮かべない。

ただ目をやり、そらし、行き過ぎていくだけだ。私が恋人を待とうが、押し入る家を捜そうが、懐《ふところ》に銃を抱き誰かを殺そうとしていようが、それが自分ではない限り、関係のないことなのだった。

私と私の乗る車は風景の一部にしかすぎない。彼らの人生は一本の線であり、私は、その周囲にあって決して交差も重なりもしない存在なのだ。

サイドウインドウをおろしたカマロの車内からは、アパートの入口と、彼女の部屋の窓が見えた。ふたつ見える窓は、どちらも闇《やみ》を沈めた鏡になっている。

彼女がこのまま帰ってこなければ、私はどうすればよいのだろうか。警察に駆けこみ、古市なり、誰か警官にすべてを話す——その結果、久邇子の死体が発見され、私だけが助かる。

もうたくさんだった。私が、私だけの命を救うのは、二度としたくない。私は、私と誰かの命を救うのだ。さもなければ、何もいらない。

平松がどこで何をしていようと、必ず私の前にも現われる筈《はず》だ。彼は若く、銃を持ち、簡単に私を殺すことができる。だからこそ、幾度も、私たちにその存在を誇示しておきながら、一気に片《かた》をつけようとしなかったのだ。

おそらく、本気で殺しにかかるときは、姿を現わし何かを語るにちがいない。そのときが、久邇子の死後であってはならない。私たちの出会いがまったくの偶然であったことを私は彼に証明しなければならないのだ。

私の方から彼を捜し出し、それを伝えることができたなら、久邇子の命を救えるかもしれない。だが、私は彼の顔も居場所も知らないのだ。常に彼が、どこからか私を窺《うかが》い、攻撃を加えてきた。

アンブッシュと同じだ。息をひそめ、動向を監視している。そしてあるとき突然、襲いかかってくるのだ。

今こうしている時間も、平松はどこからか私を見張っているかもしれない。私と同じように車の中から、あるいは通行人を装い、商店の軒先に佇《たたず》んで。

久邇子が帰らない不安が、私の恐怖を揺り戻した。掌が汗ばみ、喉《のど》が渇いた。フィルムを幾度も再映するように、フロントグラスが砕けた瞬間の衝撃を思い起こした。今にも、このカマロのウインドウを砕き、銃弾が私を粉々にする妄想《もうそう》が頭から離れなかった。

こうして時間が過ぎた。

午前二時に、私はカマロを動かした。生き返った車は、不承ぶしょうといった感じで走り始めた。

久邇子は帰ってこない。二対《つい》の窓は今では他の窓と変わらぬ闇《やみ》を浮かべていた。

何かが起きたのだ。

原宿の事務所に向かった。今となっては、平松が知る、私の点に身をおく他ない。彼の方から私の前に現われるのを待つのだ。久邇子の身に何が起きたにせよ、平松は最後の仕上げの段階に入ったにちがいない。これまでのような、姿を見せずに何かをしかけるということはないだろう。

私は平松の立場に立って考えた。もうすぐ来る。彼は、私の目の前に来る。それを待つ他はない。

久邇子が既に平松の手にかかっているとしたら。

信じなければ、久邇子の言葉を平松は信じたであろうか。

久邇子を殺すのか。私より前に。

それはない。あってはならない。殺されるのが私ならばともかく、久邇子が殺されるのは、絶対にあってはならない。

叫びたい気持を必死でこらえた。

路上にカマロを駐《と》め、佇んだ。弾丸を浴びる恐怖は再び消えていた。久邇子の身を案ずれば案ずるほど、死の恐怖は薄れる。

もし久邇子が既に殺されていたら、私は平松に、自分も殺せと願うかもしれない。

いや、そうはしない。そのときのことを考え、知った。

私は平松を殺す。どんなことがあろうと平松を殺す。

自分の命を守るためでなく。

無人のフロアを横ぎり、エレベーターに乗った。箱の中は蒸し暑く、かすかにアルコールの匂《にお》いがした。どこかで酒を飲んだ利用者が、家ではなくこのビルに泊まる決心をしたのかもしれない。

このビルには、本当の意味での住人はいない。皆、ここを利用し、何かを生み出す、あるいは消滅させる行為を行っているだけだ。

生活はない。作業だけなのだ。

私はここで八年を過した。八年間、新たなものを作り、結果として古いものを消す作業をつづけてきた。

古いものに命があったなら、私は、それら旧タイプの品物に恨まれる人間であったわけだ。

廊下は明るく、ひっそりとしていた。夏とはいえ、まだ人工照明の方が存在を主張する時間帯だ。

オフィスのドアにキイをさしこみ、開いた。ここの扉はダブルロックになっている。簡単に侵入することはできない筈《はず》だ。

調度の黒い室内の闇《やみ》が濃かった。空調がきき冷んやりとしている。ドアを閉め、鍵《かぎ》をかけると、デスクの前にすわった。

平行になったブラインドの向こうから、青山通りの灯《あか》りが流れこんでくる。静かで、空調の唸《うな》りだけが、耳を圧迫するようだった。

デスクの上に、メモはない。

私は肘《ひじ》を立て、指を組んだ。デジタルクロックのグリーンの数字が閃《ひらめ》いた。ゼロをふたつ並べる。

その横、デスクの隅に、電話がある。部屋の薄闇の中で、それはうずくまった小動物のように見えた。

気持が澄み、私は何も欲しくなかった。喉《のど》も渇かず、煙草も欲しいと思わない。この部屋の中で、家具のひとつのようにただ待てばいい。そんな気分だった。

平松は必ず現われる。確信があった。

焦りも、恐怖も、不安もない。結果がどうなろうと、私に残された道は対決しかない。浜辺で関根と交した言葉を思い出した。

本当は幾つも道がある。その上で選んだ。

関根はそういった。

私は闇の中で微笑《ほほえ》んだ。

そうかもしれない。が、人間には背負ってきたものと、これまで走ってきた道がある。

その勢いがあるうちに、突然、道筋を変えることはできない。

方向の選択は、過去を持つ人間にとって困難な問題ではないのだ。重要なのは走りつづけられるかどうかである。

私の道は、今まで背にしていた夏に向かって戻ろうとしている。その過程に、恐怖や不安があることはわかっていた。だが、私は後悔しない。どんな形にせよ、この道を走り終えるまでは、決して後悔はしない。


電話が鳴った。

グリーンの表示は四をみっつ並べていた。この時間、まちがいでない限り、ここに電話をしてくる人間はひとりしかいない。

二度目のベルの途中で受話器を持ち上げた。

「もしもし」

受話器の向こうは沈黙していた。

「平松だな」

私はいった。今まで口にしてきた「ひらまつ」という言葉とは、まったくちがう響きを感じた。

「…………」

答えはなかった。

「会おう。私はここにいるし、今日は私以外誰も来させない。もし、そちらが呼び出したい場所があるのなら、そこまで行こう。いってくれ」

受話器はしばらく沈黙を守っていた。やがて、何もいわずに電話が切れた。

怒りがこみあげてきた。受話器を叩《たた》きつけたい衝動をこらえて、私は元に戻した。

ブラインドの向こうに灰色と青の混じりあった光明がさしてきた。晴れるのか、曇るのかはわからない。雨は降らないようだ。

再び待った。

次にベルが鳴ったのは五時ちょうどだった。電話機のダイヤルに書かれた数字がはっきり読みとれるほどの明るさがあった。

「久邇子は何も知らなかったのだ」

私は受話器を持ち上げるといった。

「私たちの出会いは、偶然だったのだ。私は七〇年のあのとき以来、誰とも会ってはいない。カメラを捨てたのだ」

「…………」

「久邇子には何もするな。彼女は、君と同じ、遺族にすぎない。君の相手は私ひとりだ。彼女は関係ない」

かすかに息吹きが感じられた。

「私の前にやって来たまえ。会えばすべてはっきりする筈《はず》だ」

切れた。

受話器を戻した。煙草を一本取り出し、火をつけた。炎は、目に鋭いものではなくなっている。

あと幾度電話をかけたら現われるのか。

とにかく、彼は知った。今この瞬間、ドアを押し破り、ここに入ってきて私の胸を撃ち抜くこともできる。

が、そうはしないにちがいない。

彼はまだ何も私に語りかけてはいない。彼の精神がどのような状態にあろうと、何もいわずに殺そうとはしない筈だ。自分の存在と動機を、悪戯書《いたずらが》きによってわざと知らせるような男だ。きっと、何かいいたい言葉があるにちがいない。

電話ではそれをいわないだろう。電話は、私を焦《じ》らし、不安にさせる手段にすぎない。本当にいいたいことは、私を前にして、口にする。そのときが必ず来る。

電話が鳴った。

私は受話器をつかみ上げ、何もいわなかった。沈黙が熱かった。平松は切ろうとしない。やがて、私はいった。

「久邇子は無事か？ 無事だな？」

その言葉を待っていたようだった。電話が叩《たた》き切られた。

初めて感情を露《あら》わにしたのだ。それはまだ、久邇子が生きていることを示している。

そう信じた。

信じればよいのだ。真実がわかるのは、最後のときだ。それまでは信じる。

どこにいるのだろう。

受話器の向こうからは、場所を感じさせる騒音は何も聞こえてこない。屋内か、あるいは、人や車の通らない場所か。

私は窓を見た。雲が厚い。曇りだ。蒸し暑い一日になるだろう。

アンブッシュにふさわしい日。

電話が鳴った。

「私を殺したい、そうなのか？」

静かに訊《たず》ねた。

「それとも苦しめれば気が済むのか？」

「………」

「平松は勇敢なカメラマンだった。だが愚かでもあった。戦場では、勇敢は愚かさに通じるのだ。君は軍隊経験はあるそうだが、戦争に行ったことはあるまい。私は兵士ではなかったが、戦争はいやというほど見たのだ。君よりはるかに、人の死ぬ姿も見た。君の兄のときもそうだ。そのときのことを聞きたくはないのか？」

「…………」

しばらく黙っていた。そして静かに切れた。

掌に汗が浮かんでいた。これからは、私が彼の心に不安を与える番だ。死んだ、彼の兄の話をし、彼の心中を見すかす。憎しみと悲しみをかきたてる。

我慢できなくなったとき、彼は何かをいう。

立ち上がり冷蔵庫に歩み寄った。喉《のど》は渇いてはいない。が、手の届くところに、飲めるものをおいておきたかった。

麦茶の容器から、堀井の手によって、洗ってそろえられたグラスに注《つ》いだ。堀井の悪い癖は直っていない。洗ったグラスを、縦に差しこんでおいておくのだ。中の水分が乾くと、重ねられたグラスは離れなくなる。そのおかげで、何個ものグラスを割った。

注いだ麦茶を、その場でひと口飲んだ。冷えていてうまかった。覚醒《かくせい》しているつもりだったが、どこかが眠っていたのだろう。その体がしゃんとした。

電話が鳴り始めた。

今度はすぐには取らなかった。もうふた口でグラスの中味を干すと、新たな麦茶を注ぎ、それを手にデスクの前へ戻った。

受話器を取った。

彼が喋《しゃべ》った。私が何もいう前だった。怒気を押し殺し、妙に窮屈な発声をしていた。焦っていたようだ。

「君には私の居場所がわかっている。興奮する必要はないだろう」

「女がどうなってもいいのだな」

「君の兄を愛した女性だ。今は、私が愛している。接点はなかった。君が現われるまではね」

わざといった。

「二度というな。いったら、今すぐ女を殺す」

「相手がちがう。君が殺したいのは、彼女ではなく私の筈《はず》だ」

「両方だ、両方殺す」

「なぜだ。君の兄を見殺しにしたのは私だ。彼女ではない」

「お前と通じた。見殺しにした男と、寝た。兄の気持を踏みにじった」

「そういう君はどうだ？　兄が死んだとき、遺骨を受け取りにも来なかった。血が通った兄弟なのに、どこで、何をしていたんだ？　十四年もたっているのだぞ」

彼が喘《あえ》いだ。非常な努力をして、怒りをおさえこんでいるようだった。

「お前を殺す。女も殺す。お前には防げない。お前は女を見殺しにする」

「いつ、どこで殺すのだ？」

「もうすぐだ。お前にもわかる」

「久邇子と話をさせてくれないか？」

彼が黙った。切るのか、それとも本当に話をさせてくれるのか。その瞬間、私は焦りを感じた。

平松が冷ややかな笑いを含んだ声でいった。

「お前とは話をしたくないといっている。わかるか？　お前の顔も見たくない、とな」

そして電話を切った。

私は唇をかんだ。拳《こぶし》を握り、喘いだ。嘘《うそ》かもしれないその言葉が、私をズタズタにした。抉《えぐ》り、切り、裂いた。胸に激しい痛みを感じた。息もつげないほどだった。

やがて大きく呼吸した。わかっていたことだ。予測できたことだ。たとえ、私が死のうが生き残ろうが、彼女は許さない。彼女の生死に関《かか》わりなく、私は彼女を失う。

そうなのだ。

耐えた。私たちは、私たちではない。私と一人の女性になった。その女性は、私を蔑《さげす》み、憎む。

避けられない。

死んでしまった方がよい。

だが、彼女は生かしておかなければならない。どんなことがあろうと、彼女を死なせてはならないのだ。

そのために私はこうしている。選んだ道にいるのだ。

平松、早く私を殺しに現われろ。私は待っている。お前に、久邇子は殺させない。私はどんなことがあっても、見殺しにはしない。

歯をくいしばり、電話機に目をすえた。

鳴れ、鳴るのだ。

そして鳴った。

「俺《おれ》は、お前を見ている。お前がそこにひとりでいることもわかっている。これから出て来い、そして、俺のいう場所へ来い」

「どこだ?」

「お前たちの出会ったという場所だ。あの島を走れ。俺が合図をするまでだ。おかしなことをすれば、見殺しにすらできなくなる」

京浜島のことをいっているのだ。

「わかった」

「早く行け。だが、警官の注意を惹《ひ》くような真似《まね》はするなよ。お前が三十分以内に現われなければ、女が東京湾に浮く」

電話は切れた。

久邇子は話したのだ。平松を説得しようとした。私たちに対する殺意が誤解に基づくものであることを説明しようとして。

だが、それは通じなかったのだ。

9　絆

京浜島の約三キロの外周を走る道路は扇形を成している。そのひとつの角にふたつの橋がつながり、片方が首都高速平和島インター、大井埠頭《ふとう》に通ずる京浜大橋、もうひとつは、名は知らないが、同じく東京湾に浮かぶ人工島、昭和島に通ずる橋である。

扇形の内側には、細い道路が縦横に走っている。そこには工場や会社もあり、車も、トラックから乗用車まで数多く駐車している。

現在は、暴走族対策のため、午後十時から午前六時まで、許可のない車の通行は禁じられている。また、海に面してある、ふたつの細長い公園は、早い夜間、釣り人やアベックのメッカともなっているが、私や久邇子が見出した場所は、そのどちらにも知られていなかった。

京浜大橋を渡った私は、分れ道でカマロを直進させた。左折をしても、ぐるりと回って元の場所に戻ってくることになる。

原宿から首都高を使い、二十分とかかっていなかった。早朝に、この場所を訪れるのは初めてだった。確か羽田を発《た》つ国内便は、午前七時にならなければ飛ばない筈《はず》である。

京浜島の内部に入ると、私はカマロの速度を落とした。反対車線を、何も牽引《けんいん》していないトレーラーや、空荷《からに》と思《おぼ》しいトラックが、次々と轟音《ごうおん》をたてて走り過ぎた。巨大な倉庫街である東京流通センターとは、二キロしか離れていない。

扇の曲線の部分を走り過ぎ、扇の要《かなめ》の角へと向かう直線路に入った。羽田空港のB滑走路とは、海をへだてて平行している。この道の一角が、私と久邇子の車が出会った場所に通じている。

そこを走り過ぎた。要を道なりに折れ、京浜大橋に戻る一辺を走った。この道は、羽田空港の反対側、大井埠頭《ふとう》城南島と海をへだてあっている。そのせいか今度は同方向へと向かう大型車が、次々と交差した小路から合流した。

どこにいるのだ。

私は元の場所に戻り、再び曲線部を走り始めた。深夜ではない、早朝なのだ。これだけの人目があるところで、どうしようというのだ。

曲線部の端を折れ、要に向かった。走り始めてすぐ、前方の左側に駐《と》まるファミリアを見つけた。思わず、カマロの速度を上げていた。

久邇子の車だった。私が一周して来る間に、内側の小路から出てきたにちがいなかった。

ファミリアと並ぶ位置で停止させた。左ハンドルなので、はっきりと内部が見えた。中には誰もいない。

これが合図なのだろうか。私は周囲を見回した。それと思しい人の姿はなかった。先にある工場のような建物では、門が開かれ、人や車が出入りしている。

そのとき反対車線を走ってきた、クリーム色のステップバンがパッシングをした。ステップバンは、カマロの向かいで停止した。運転席にすわった男が私を見た。日焼けした頬《ほお》がちらりと見える。目深《まぶか》に帽子《キャップ》をかぶり、サングラスをしていた。

男はかすかに頷《うなず》いたように見えた。ステップバンをUターンさせ、私の前につけた。荷台の中を見る後部の窓に銀色のシールが貼《は》られている。右のウインカーを出し、ステップバンは発進した。ついてこいという意味らしい。

平松。

私はステップバンの後に従った。ステップバンは、京浜大橋を渡った。大井ターミナルの方角に向かう。大和大橋を渡らず、そのまま大井埠頭《ふとう》の中に入ってゆく。

平松は、そのままターミナルや野鳥公園の周辺をぐるぐると走り回った。およそ二十分もそうしていただろうか、不意に向きを変えた。左折し、首都高速湾岸線の下をくぐると、再び京浜大橋を渡った。どうやら京浜島に戻るつもりらしい。私の他につけてくる車がないかどうかを確かめるための行動だったようだ。

ステップバンは京浜島に入ると左折した。要に向かう道に入ったのだ。途端に、右のウインカーを出した。島の外側ではなく、内部に通じる道に進入した。その道を少し走り、もう一度右折、道なりに進むと、右側に鉄のゲートが見えた。ゲートは、車一台が

通れるな

いている。平松はそこにステップバンを乗り入れた。

みしめた。いよいよだった。復讐《ふくしゅう》を始めようというのだ。

私の内部は、三角形の屋根をのせた、細長い建物が二棟《むね》並んでいた。使われなくた鉄工所か、運送会社のターミナルのようだ。

コンクリートが一面にしかれ、ドラム缶が数本と、何の残骸《ざんがい》かわからない錆《さ》びついた機械が放置されている。

ステップバンは、建物の内部に入ると停止した。中はひどく暗く、ところどころ屋根の破れた部分から光がさしこんでいるだけだ。ステップバンのブレーキランプは、油の染《し》みや古タイヤが転がった、建物の床を赤く染めた。

私は数メートルの距離をおいてカマロを停《と》め、待った。

ステップバンの運転席のドアが開き、運転者が降り立った。長身で、無駄のない体形をしている。ジーンズの上に袖《そで》をまくったスイングトップを着、前を開いている。その下は、黒のタンクトップで、日に焼けた胸がのぞいていた。

男がサングラスをとった。目元が平松に似ていた。ちがうのは、そこにたたえられた光だった。静かで、感情のかけらもなかった。鋭く、冷えきっている。

男は唇をひき結び、私をまっすぐに見つめた。私たちは、カマロのウインドウを通して目を合わせた。

「降りろ」

彼が短く告げた。

私はエンジンを切り、キイを抜くとゆっくりカマロを降りた。立った私を、彼はもう一度見つめた。

「夏木、修か」

吐き捨てるように呟《つぶや》いた。喋《しゃべ》り方の窮屈なところは電話と同じだった。長い間、日本語を使っていなかったのだろう。

「平松が死んだとき、君はどこに居たのだ」

私は訊《たず》ねた。

「アメリカだ。兄貴の援助で、アメリカに渡ったばかりだった。兄貴は写真が売れ出し、ドルで俺《おれ》の援助をしてくれた。ある日それが止《や》んだ。俺は、どうなったのかわからなかった。兄貴が俺のアパートに手紙をよこす他は、俺たちには連絡の手段はなかったからだ」

「叔父さんが君を捜した筈《はず》だ」

「知らんな」

「日本に帰らなかったのか」

「帰れなかったんだよ。暮らしてゆくのに精いっぱいでな」

「[illegible]ぶっていた。

[illegible]、風の噂《うわさ》で兄貴が取材中に死んだってことを聞かされただけだ。もう、ど

うしようもなかった。俺は口惜《くや》しくて、兄貴を殺した奴《やつ》らに復讐《ふくしゅう》してやろうと思った。軍に入ったのもそのためだ。だが、俺がベトナムに行く前に、戦争は終わっちまった」

「それからなら帰ろうと思えば、帰れた筈だ」

「帰ってどうなったんだ？　兄貴の他には誰もいないんだ。アメリカにいた方が、よほど住み心地がよかったさ。その間に、お前は名前を変えて、卑怯者《ひきょうもの》であることを隠し通してきたわけだ」

「君にはわかるまいが――」

「黙って聞け」

平松は右手を動かした。三十八口径のリボルバーがスイングトップの内側からあらわれた。銃口が私の腹部を向いていた。

「俺はもう日本を捨てたつもりでいた。俺たち兄弟はずっとそうだった。両親が死んでから、この国には見切りをつけていたんだよ。

もっとも兄貴は――」

ステップバンの方を顎《あご》で指した。

「惚《ほ》れちまった女がいて、その分だけ日本に愛着を感じていたみたいだがな」

「その頃、彼女に会ったのか？」

平松は首をふった。

「だが兄貴は二人で撮った写真をよこしていた。すぐにわかったぜ」

「日本を捨てた君が戻ってきたのは、何のためだ」

「線香一本あげたわけじゃないが、俺はいつも兄貴のことを思ってきたんだ。そこであんたの写真を見た。驚いたぜ。まったくの偶然だったからな。どうやったら、あんな写真が撮れるのか、俺はよく考えてみた。そこで、日本でしなきゃならんことができたってわけだ」

「よく私を見つけられたな」

「苦労したよ。うまく隠したものだ。仲間を見殺しにして、情けないと思う気持が少しはあったようだな」

「彼は聞かなかった。警告を無視したのだ」

「ハイエナだよ、お前は。俺《おれ》はベトナムに行った連中に何度も聞かされた。戦争カメラマンてのは、人の死体に群がるハイエナだってな」

「君の兄もそうだった」

彼が撃った。弾丸がカマロのドアミラーを粉砕し、とびちった破片が私の右手を切り裂いた。銃声は、天井の高い建物の中で大きく反響した。

私は右手を見た。親指と人さし指のつけ根に大きなガラスの破片がつき刺さっていた。動かそうとすると激痛が走った。私は歯をくいしばり、左手でその破片をひき抜いた。血がふくれ上がるように流れ出た。

「私を殺すのか」

「その前に女だ。目の前で殺《や》る。俺は、お前と女が楽しむのをずっと見てたんだ。ここや、お前の家でな」

　怒りがゆっくりと私の中で、とぐろを巻くようにふくれ始めた。

「彼女は知らなかった。私も同じだ。だが、平松の死に、彼女は何の関係もない」

「だろうな」

　あっさりと彼は認めた。

「それでも殺すのか？」

「殺す。兄貴のためだ」

「それはちがうぞ、平松」

　彼はゆっくりと瞬きした。躊躇《ちゆうちよ》も怖《おそ》れもない目だった。遂行しようという意志しか感じさせない。

「お前には何もいう資格はない。お前は卑怯者《ひきようもの》だ」

「あるいは、そうかもしれない。だが、もし私がカメラマンをつづけていて、同じような状況に遭遇したら私は再びシャッターを押すだろう。それがカメラマンだ」

「じゃあお前にカメラをやる。俺が女を撃ち殺すところを写すがいい」

　狂っているのか。だが、どう見ても正常で健康な男だ。

　平松は笑った。後ろ手で、ステップバンのハッチを開いた。

　久邇子がいた。後ろ手に縛られ、猿《さる》ぐつわをされ横倒しになっていた。きのうの朝、別れたときと同じいでたちのままだ。久邇子には、私たちの会話は聞こえていたにちがいない。倒れたまま、私たちを見上げた。その目に何が浮かんでいるか、私は必死に探ろうとした。

平松が荷台に腰かけた。拳銃《けんじゅう》を左手に持ちかえ、右手で後輪のカバーの裏を探った。

「ほら」

ポラロイドカメラをさし出した。

「これをやる。カメラマンだろう、俺がこの女を撃ち殺すところを写すがいい」

「もうカメラは捨てたのだ」

私は低くいった。

「復帰だ。お前の遺作だ。新聞には載らんが、俺《おれ》が大事に持っていてやる」

「断わる」

「お前には選べない」

私に銃を向けたまま、カメラをさし出した。

「早く受け取れ。手がくたびれる。お前を撃っちまいそうだ」

「撃つがいい。だが、彼女だけは殺すな」

「………」

「お願いだっ」

最後は叫んでいた。

「駄目だ、決めたんだ」

私は憎しみをこめて見つめた。

「さあ、早く撮れよ」

左手でポラロイドカメラを受け取った。

「よし、ちょっと待ってろ」

私に銃口を向けたまま、平松は腰をかがめてステップバンの内部に上がった。久邇子の腕をつかみ、ひきずり出した。

久邇子の左の頰《ほお》に青い痣《あざ》ができていた。彼女は歯をくいしばり、苦痛に耐えている。

「立つんだ」

車の外までひき出すと、久邇子の腕を持ち上げた。車内には、彼女の小さなバッグが落ちていた。

久邇子は喘《あえ》いでいた。もたれかかるように、肩をステップバンの車体にあずけた。

「こいつが、あんたの最期を撮ってくれる。だまされたとはいえ、一度は惚《ほ》れた男だ、本望だろう」

久邇子の髪をつかんで揺さぶった。彼女は目を閉じ、されるままになっていた。

「やめろ」

平松は私に向き直った。

「準備はいいか」

私はカメラを見た。オートフォーカスと差し込み式のフラッシュが付いたポラロイドだった。誰が撮ろうと、変わりはない品だ。

「シャッターチャンスは一度だけだぞ、外すなよ」

カメラを両手で支えた。久邇子はもう何も見ていなかった。これきりだ。彼女の目が見たかった。

平松が拳銃《けんじゅう》の撃鉄を起こした。銃口をもたげた瞬間、私はカメラを投げた。

右手に痛みが走り、狙《ねら》いがそれた。カメラは平松の顔ではなく、右肩に当たった。拳銃が暴発し、コンクリートの床を弾丸が削った。

私は走り出した。久邇子から平松をひき離さなければならない。目的はそれだけだった。

「戻って来い」

平松が叫んだ。建物の反対側の出口を目ざして走った。その方が近かった。

平松が撃った。私の前方、駆けていく正面のトタン壁が大きく破れた。

身をかがめ、走った。平松は私を追う。私を先に殺そうとする。逃げた人間を放っておいて殺人はできない筈《はず》だ。

建物の出口まで数メートルだった。光がさしこみ、雑草が生い茂った空き地が見える。そのまた向こうに、隣接する工場の倉庫の壁があった。壁までおよそ百メートル、あの壁を回りこめば人のいる場所に出る。出口に辿《たど》りついた瞬間、平松の撃った弾丸が私の右脚に命中した。

巨大な腕で足もとをすくわれたようだった。つんのめるように転がり、空き地に倒れた。

倒れた位置が、ちょうど建物の壁で、内部からは死角になる場所だった。立ち上がろうとして膝《ひざ》が崩れた。膝のすぐ上、太腿《ふともも》の外側が抉《えぐ》られていた。スラックスが裂け、血が吹き出している。

左脚で立ち、片足で跳《と》んだ。

空き地には、腰まである雑草が濃く茂っていた。ところどころに油を浮かべた水溜《みずたま》りができ、小さな虫が飛びかっている。濃い緑。暑さを感じる余裕はない。

片脚で跳びつづけた。

背後を平松が駆けてくる音がした。彼もすぐには撃てない。屋外ならば、銃声は遠くまで響く。その間に、この空き地を渡り、倉庫まで辿りつくのだ。

痛みも苦しみも、恐怖もなかった。ただ左脚で駆けた。肺が破裂しそうなのも、他人の体のように感じていた。

左膝《ひだりひざ》が崩れた。どっと倒れこみ、土の匂《にお》いを嗅《か》いだ。すぐには起き上がれなかった。

追いつかれる、撃たれる、久邇子を救えない――脳裡《のうり》をよぎった。

立たなくては。爪先《つまさき》を地面に立てた。左膝ががくがくと震えた。

なぜ来ないのだ、私は途中まで体を起こし、首をねじった。

平松が私を見失っていることがわかった。雑草の茂り方があまりに濃いのだ。私に背を向け、二十メートルほど離れた位置であたりを見回していた。

動けば草が揺れ、居場所を見つけられる。が、じっとしていても結果は同じだ。再び走った。左脚の筋肉が叫んだ。撃たれた傷よりも痛みは激しかった。

撃てない筈《はず》だ。撃てないにちがいない、そう呟《つぶや》きながら走っていた。

ようやく倉庫の壁につき当たった。十メートルほどの壁面から、直角に別の壁がのびている。その向こうには人がいる。

倉庫との境界に、低い鉄条網の垣根《かきね》があった。右脚を先に渡した。左膝を上げると、体重を支えきれず、スラックスを引き裂きながら転倒した。

それが幸いした。押し殺した銃声と共に、倉庫の漆喰《しっくい》が爆《は》ぜた。見上げたとき、平松がリボルバーの先端にサイレンサーを取りつけていることがわかった。それで手間取ったのだ。

リボルバーのサイレンサー、さほど消音効果はない筈だ。シリンダーのすき間から銃声が洩《も》れる。密閉された状態のオートマチックとはちがう。

頭の一部が、冷静に囁《ささや》いた。それも、ベトナムで教えられた知識だ。

もっと人の居るところに近づけば、サイレンサーをつけていても使えない。

倉庫の壁に片手をつき、走った。長い方の壁だった。その壁に切れこみがあった。再び膝《ひざ》が崩れそうになり、そこへ倒れこんだ。

木の扉があった。叩《たた》いた。押した。びくともしなかった。絶望のあまり声が出そうになった。無人の倉庫だったのだ。

反対側を見た。もうひとつの倉庫の壁が広がっている。およそ五メートルの間隔をへだてた壁にはさまれた、一本道だった。

振り返った。平松が鉄条網を乗り越えたところだった。再びとび出せば、一直線上の標的になる。頭をひっこめ、あたりを見回した。何か武器になるものはないか捜した。棒きれひとつ落ちていない。数メートル先に子供の頭ほどの石があった。近づくことはできない。平松の正面に姿をさらすことになる。

壁の凹《へこ》みに背をもたせ、もう一度扉を押した。渾身《こんしん》の力を込めた。まったく動かなかった。袋のネズミだった。スラックスのポケットに手を入れた。何か、何かないかとさぐった。

キイホルダーが触れた。血まみれの手で持ち上げ、見つめた。小さなナイフ、小指ほどの長さしかない。刃をひき出そうとする。

手が震えた。汗ですべった。平松はすぐそこまできている。

ようやく刃をひき出した。半分まで起こしたところで戻りそうになった。左手の指で刃を押した。ちくり、という痛みが走り、新たな血が流れた。

両手で構えることもできぬほど、小さな武器だった。それでも左手で握った。額の汗を右手の甲でぬぐった。拳《こぶし》を握ることができなかった。出血のせいか、腱《けん》を切ったのか。

足音が近づいてきた。小石を踏み、草をしだく。背をぴったりと押しつけ、待った。

右手があらわれた。左手を下にそえ、つき出すように拳銃《けんじゅう》を構えている。つづいて脚を踏み出した。左の脇腹《わきばら》が、横顔が、見えた。向きを変える暇《いとま》は与えられない。

体ごとぶつかった。

刃先が脇腹に吸いこまれた。スイングトップとタンクトップを貫いた。平松の体にのしかかるようにして倒れた。平松が唸《うな》り声を上げた。ナイフから手を離し、拳銃をつかんだ。平松の肘《ひじ》が私の顔を狙《ねら》った。顎《あご》に衝撃がきた。それでも離さなかった。

私をはねのけようとした。ナイフはつきたったままだった。右の指を彼の顔にたてた。

平松が首を振り、目を防いだ。右肩を彼の右手首の上にのせた。つかんでいたサイレンサーが抜けた。平松が再び、銃の主導権を握りかけた。シリンダーをつかんだ。平松が左の拳で、私の後頭部を殴った。衝撃で前にのめり、銃を取り戻された。右手をのばした。彼の腹に刺さったナイフの小さな柄があった。押し包むように、その柄を押した。

カマロのキイがぶらさがっている。

平松が苦痛の叫びを上げ、その右手が開いた。左の拳を叩《たた》きつけた。平松の手と銃の両方に当たった。銃が三十センチほど飛んだ。平松がついに私を押しのけた。

膝《ひざ》をつき、荒い息を吐いた。両手を組み、斧《おの》のように私の首筋を狙ってきた。転がり、それを肩甲骨《けんこうこつ》で受けた。骨が軋《きし》んだ。

崩れそうになりながら、左手と左膝を地面についた。平松が怒りに燃えた瞳《ひとみ》で私をにらみすえながら、右手を左の脇腹《わきばら》にのばした。

ナイフを引き抜き、投げ捨てた。白いスイングトップに、妙に色の薄い、赤い染《し》みが広がっている。銃にとびつこうとした。体ごとぶつかった。二人で転がり、銃から一メートルほど離れた。

彼が先に立ち上がった。もう銃の行方を捜そうとはしなかった。足を踏みしめ、膝をついた私を殴った。右の拳《こぶし》、左の拳、両方が私の頰《ほお》に命中した。じわり、と目の前が黒ずんだ。彼の両脚の間に首をつっこんだ。全身の力を首にかけ、持ち上げた。平松の爪《つま》先《さき》が浮いた。尻《しり》もちをつくように、平松が仰向けに倒れた。

今度は私が先に立った。大きく喘《あえ》ぎ、壁に手をついて銃を捜した。見あたらなかった。見つけた瞬間、平松の脚が飛んできた。

壁に叩《たた》きつけられた。背を打ち、息が詰まった。腹に拳を叩きこんできた。体を丸くしたところで膝がつき上がってきた。顔をねじり、左の頰と顳顬《こめかみ》で受けた。耳がじん、と音をたて、体が飛んだ。

倒れた。平松が銃ににじりよるのが見えた。私は体を投げ出すように、彼にぶつかった。私の腰の骨が銃に当たり、息がつまった。平松が転がって立ち上がった。喘いでいた。私が立とうとすると、歯をくいしばり、拳をくり出した。首をそらせた。左の耳にあたり、熱くなった。それでも私は立った。

平松の左の拳が来た。右肘《みぎひじ》でうけとめ、私が左を出した。平松の目の下にあたった。平松が首を振り、頭を下げた。タックルするように、私の腹にぶつかってきた。彼の荒い息と、私がすべての息を吐き出す呻《うめ》きの両方が聞こえた。平松が私の上にのしかかった。両手を輪にして、首をしめてくる。耳の奥が轟音《ごうおん》を発し、視界がせばまった。両手の指を曲げて彼の顔をひっかいた。平松の腰が浮き、私は渾身《こんしん》の力をこめて彼を投げ出した。

もう一度立ち上がろうと、両手を地面についた。目の前に、さっき見た石があった。石を両手でつかんだ。右手の痛みは消えていた。膝《ひざ》をつき、持ち上げた。平松が銃の上にかがみこんでいた。中腰のまま、その石を投げた。

放り出す、という方が適切だったかもしれない。その石が、平松の首のつけ根の上に落ちた。声も立てなかった。俯《うつぶ》せに倒れこんだ。投げた勢いで、私も倒れた。

動けなかった。土を吸い、大きく喘《あえ》いでいた。これで終わりだ。とにかく、久邇子は逃げられたろう、そう思った。

平松は動かなかった。

私は仰向けになり、鎌首《かまくび》をもたげた。瞳孔《どうこう》の隠れた目が私をにらんでいた。

膝をつき、壁を支えに立った。平松のかたわらに行き、その肩に手をかけた。体をずらし、その下にあった拳銃《けんじゅう》を拾い上げた。

平松の体を仰向けにした。髪と血のついた石が転がり落ちた。死んではいない。いびきのような浅い呼吸をくり返している。私は彼のかたわらにひざまずいた。首の血管が切れたのかもしれない。脳溢血《のういっけつ》の発作に似た症状を起こすと聞いたことがある。

しばらく見守っていたが、動く気配はなかった。私は立ち上がった。拳銃を腰に差し、右脚をひきずって歩いた。速度を出さぬのなら、その方が楽だった。

スラックスの右脚が血で重くなっている。鉄条網を越えるときに、拳銃が落ちた。茂みの中に隠れた。拾い上げるのは億劫《おっくう》だった。

そのままにして、歩いていった。最初の建物に近づくと、闇《やみ》になった内部に、大勢の人影が見えた。そのうちの何人かが、私に駆け寄ってきた。

グレイの作業衣を着た男たちだった。運送会社の縫いとりが胸に入っている。先頭に立っているのは、真っ黒に日焼けした五十過ぎの男だった。目を丸くして、私を見やった。

「あんた、大丈夫かね」

私は小さく頷《うなず》いただけだった。脚をひきずって進むと、男は気圧《けお》されたように、私の前からどいた。

明るい屋外から建物の中に入り、一瞬、中の人々の区別がつかなかった。私は瞬きをした。

カマロの、ドアを開いた助手席に久邇子がかけていた。二人の、同じような作業衣を着た男が話しかけている。

久邇子が立った。私はゆっくりと近づいていった。

私たちはカマロのドアをへだてて向かいあった。彼女が私を見た。私が彼女を見た。

何かをいわなければ、そう思ったが喉《のど》がからからで言葉が出なかった。

久邇子が突然、かがんだ。カマロの座席から無言でハンドバッグを取り上げた。

彼女はすべてを知った。だから、語るのは私ではなく、彼女だ。私は不意に悟った。

髪がほつれ、白い額に汗がうかんでいた。私を見つめ、ハンドバッグを開いた。バッグからハンカチを取り出す。

その手がのびてきた。ハンカチで私の頰《ほお》をぬぐった。泥と血が、ハンカチをよごした。

私の目を見ていた。この上なく、優しい手つきだった。久邇子はぬぐいつづけた。

何もいわない。

私がその手をつかんだ。久邇子は私の手を見つめ、再び私の目を見上げた。

素早い微笑が口元に浮かんでいた。

解説

北方謙三

父性の希求

私が小説家になった時、大沢在昌はすでに小説家だった。十年前のことになるから、大沢は二十五といったところだったのか。私よりも、九つも若い先輩作家だった。私は、ハードボイルド作家というレッテルを貼《は》られてデビューしたが、実はハードボイルドをよく知らなかった。これははじめて告白することだが、ハメットを一冊読んでいただけなのだ。

そういう私に、ハードボイルドがなにかを教えたのは、大沢ではない。私は私で、自分に貼られたレッテルに合わせるために、ハードボイルド小説と呼ばれるものを、読み漁った。はじめはついていけず、黙っているしかなかったハードボイルドについての会話も、なんとかできるようになった。

それでも大沢と、ハードボイルドについて深く語り合った、という記憶はない。四谷のある酒場で、その店が開店して以来の、猥談《わいだん》の長時間記録を持っているぐらいである。

作家にとって小説は、語るものではなく書くものだ、と私は勝手に思いこんでいた。

私から見て大沢は、小説好きがのめりこみすぎて、自分で小説を書きはじめた、そういうところから出発した作家に見えた。出発はどうであろうと、書き続けていくからには、趣味の延長であるはずはなく、どこかに自分でも気づいていない必然性が潜んでいるに違いないと、私は眼をこらしていた。自らの必然性などについて、分析には無関心な男だったから、友人という立場上、私が見つけていつかは指摘した方がいいのではないかと、余計なお世話を考えていたのだった。

無論、必然性の分析が、小説の質を左右したりはしない。作家にとっては、必要のない行為と言ってもいいのだ。必然性がどうのというのは、私の趣味のようなものである。それでも、大沢の必然性がなかなか見えてこないことは、私をかすかに苛立《いらだ》たせた。小説全体に、無様さを嫌う、もしくは拒絶するスタイルがあり、それが薄いヴェールとなって、いつも私の視界を遮ってしまうのだ。

「もっと、量を書け」

私はよくそう言った。

「土方の真似はできないよ。労働に合う体質じゃないんだから」

そんな返答も、私にはやはりスタイルのひとつと感じられた。量を書くことで、スタイルが崩れることを期待していた私は、結局いつまでも待たされることになった。量を書くことで、なにかをつきつめようというのは、私自身のスタイルにほかならず、つまるところ体重計で身長を測ろうとしていたようなものだと、忸怩《じくじ》の中でさとったのは、ずっと後年のことになる。

大沢と私の交友は、そんなふうにして続いた。どこか、いつも気持が合う部分があった、と言っていいであろう。それは、歳月とともに、悪友という関係になっていく。

その悪友が、ある時、しばらく郷里の名古屋へ帰ってくる、と言いはじめた。亡くなった父親について、考えてみたいことがあるという様子で、いくらか真剣な口調だった。どれほどの期間、名古屋に戻っていたかは、よく憶えていない。次に東京で会った大沢は、顔半分に髭《ひげ》を蓄えていた。親父の書斎で、ものを書こうとしたりしてみたのだという。もっと細かいことも、ポツポツと語った。どんなことだったか、明瞭《めいりょう》な記憶はないが、作家としての核質がなんであるか、めずらしく垣間見せた瞬間だったという思いは、いまも鮮やかに残っている。

親父の書斎で、親父の遺品に囲まれながらの執筆が、どういう結実をみたかは、知らない。作品として結実したのか、もっと別なかたちでの結実だったのか。

とにかくそのころから、私には大沢の作品が持つなにかが見えてきた。そしてそれは、一作ごとにさらにはっきりとなっていくようにも思えた。

父性の希求。言葉で言うと、そんなものになるかもしれない。私は時々、大沢の作品から、父性を呼ぶ叫びを聞いた。

ハードボイルドは、センチメンタリズムの産物と言ってもいい。そして大沢のセンチメンタリズムの骨組の中に、明らかに父性の希求という柱がある、と私はいま信じている。本人が意識するしないにかかわらず、作品にはそれが見えるのである。つけ加えることではないかもしれないが、意識が作品を書かせることは稀《まれ》である。むしろ無意識なものの中に、作家はその核質を見せてしまうことが多いのだろう。

大沢は、近作『新宿鮫《ざめ》』で、作家の可能性を拡げたと世上では言われるが、作品としてはその前に『氷の森』があり、さらなる内的な契機としては、数年前の帰郷があるのだ、と私は信じている。

本書であるが、この作品が雑誌掲載になった時点で、将来文庫化される時の解説はこの俺《おれ》だと、私は自ら志願した。

読む角度はいろいろあり、それは読者の自由だが、先に述べた父性の希求が、はじめに明確に出てきた作品という認識が、私にはあったからである。

もっとも、大沢には別の意識があったようだが、書く時の意識が作品の本質と直結することは、やはり稀なのだと思う。

大沢作品を、どういう鍵《かぎ》で解こうと、最後に出てくるのは、センチメンタリズムの産物としての、ハードボイルドなのだ。そして、私が手にしてみた父性という鍵は、あながち誤ってはいなかったのだと、いまも思っている。『新宿鮫』の主人公と上司の関係にも、それは見えていないだろうか。

こんなこむずかしい解き方をしやがって、と大沢が怒る顔が見えるようである。小説は面白く愉《たの》しめればいい、という大沢の持論はわかっている。それでもあえて、私はこんな解説を書いた。大沢の持論とは別の次元で、大沢作品が文学として論じられる機会は、作品のために与えられるべきだろう。

そして拙《つたな》い文章でも、悪友である私は、それをやる資格を持つひとりなのである。

本書は一九八五年四月に単行本として、一九九一年十二月に角川文庫として出版された作品の新装版です。

夏《なつ》からの長《なが》い旅《たび》

新装版《しんそうばん》

大沢在昌《おおさわありまさ》

平成29年 7月25日　初版発行
令和7年 1月15日　6版発行

発行者●山下直久

発行●株式会社KADOKAWA
〒102-8177　東京都千代田区富士見2-13-3
電話　0570-002-301（ナビダイヤル）

角川文庫 20424

印刷所●株式会社KADOKAWA
製本所●株式会社KADOKAWA

表紙画●和田三造

ISBN978-4-04-104921-1　C0193

◆◇◇

角川文庫発刊に際して

角　川　源　義

第二次世界大戦の敗北は、軍事力の敗北であった以上に、私たちの若い文化力の敗退であった。私たちの文化が戦争に対して如何に無力であり、単なるあだ花に過ぎなかったかを、私たちは身を以て体験し痛感した。西洋近代文化の摂取にとって、明治以後八十年の歳月は決して短かすぎたとは言えない。にもかかわらず、近代文化の伝統を確立し、自由な批判と柔軟な良識に富む文化層として自らを形成することに私たちは失敗して来た。そしてこれは、各層への文化の普及滲透を任務とする出版人の責任でもあった。

一九四五年以来、私たちは再び振出しに戻り、第一歩から踏み出すことを余儀なくされた。これは大きな不幸ではあるが、反面、これまでの混沌・未熟・歪曲の中にあった我が国の文化に秩序と確たる基礎を齎らすためには絶好の機会でもある。角川書店は、このような祖国の文化的危機にあたり、微力をも顧みず再建の礎石たるべき抱負と決意とをもって出発したが、ここに創立以来の念願を果すべく角川文庫を発刊する。これまで刊行されたあらゆる全集叢書文庫類の長所と短所とを検討し、古今東西の不朽の典籍を、良心的編集のもとに、廉価に、そして書架にふさわしい美本として、多くのひとびとに提供しようとする。しかし私たちは徒らに百科全書的な知識のジレッタントを作ることを目的とせず、あくまで祖国の文化に秩序と再建への道を示し、この文庫を角川書店の栄ある事業として、今後永久に継続発展せしめ、学芸と教養との殿堂として大成せんことを期したい。多くの読書子の愛情ある忠言と支持とによって、この希望と抱負とを完遂せしめられんことを願う。

一九四九年五月三日

角川文庫ベストセラー

生贄のマチ　特殊捜査班カルテット　大沢在昌

家族を何者かに惨殺された過去を持つタケルは、クチナワと名乗る車椅子の警視正からある極秘のチームに誘われ、組織の謀略渦巻くイベントに潜入する。孤独な潜入捜査班の葛藤と成長を描く、エンタメ巨編！

標的はひとり　新装版　大沢在昌

かつて極秘機関に所属し、国家の指令で標的を消していた男、加瀬。心に傷を抱え組織を離脱した加瀬に来た〝最後〟の依頼は、一級のテロリスト・成毛を殺す事だった。緊張感溢れるハードボイルド・サスペンス。

眠たい奴ら　新装版　大沢在昌

破門寸前の経済やくざ高見は逃げ込んだ温泉街で警察嫌いの刑事月岡と出会う。同じ女に惚れた2人は、政治家、観光業者を巻き込む巨大宗教団体の跡目争いの渦中へ……はぐれ者コンビによる一気読みサスペンス。

冬の保安官　新装版　大沢在昌

ある過去を持ち、今は別荘地の保安管理人をする男。冬の静かな別荘で出会ったのは、拳銃を持った少女だった（表題作）。大沢人気シリーズの登場人物達が夢の共演を果たす「再会の街角」を含む極上の短編集。

らんぼう　新装版　大沢在昌

巨漢のウラと、小柄のイケの刑事コンビは、腕は立つがキレやすく素行不良、やくざのみならず署内でも恐れられている。だが、その傍若無人な捜査が、時に誰かを幸せに……？　笑いと涙の痛快刑事小説！